H.P. Lovecraft

Relatos
fantásticos

Colección *Filo y contrafilo* dirigida por
Adrián Rimondino y Enzo Maqueira.

Ilustración de tapa: Fernando Martínez Ruppel.

Relatos fantásticos
es editado por
EDICIONES LEA S.A.
Av. Dorrego 330 C1414CJQ
Ciudad de Buenos Aires, Argentina.
E-mail: info@edicioneslea.com
Web: www.edicioneslea.com

ISBN 978-987-718-409-9

Primera edición. Impreso en Argentina.
Septiembre de 2016. Arcángel Maggio–División Libros.

Lovecraft, Howard Phillip
    Relatos fantásticos : edición, introducción y selección de Luis Benítez
/ Howard Phillip Lovecraft ; adaptado por Luis Benítez. - 1a ed . - Ciudad
Autónoma de Buenos Aires : Ediciones Lea, 2016.
    192 p. ; 23 x 15 cm. - (Filo y contrafilo ; 44)

    ISBN 978-987-718-409-9

    1. Narrativa. 2. Narrativa Fantástica. I. Benítez, Luis, adap. II. Título.
CDD 813

H.P. Lovecraft

Relatos fantásticos

Edición, introducción y selección de Luis Benítez

La presente selección

Aunque el filón más destacado de la obra de Lovecraft es decididamente el relato de horror, su producción también contempla matices fantásticos, siendo muchas veces inseparable un aspecto del otro. De hecho, las creaciones lovecraftianas amalgaman ambas vertientes, que se potencian recíprocamente. Siendo variable la proporción que encontramos de horror y de fantasía en sus trabajos, Lovecraft supo muy bien dosificar estos ingredientes y crear mundos fabulosos, nuevas mitologías, donde potencias extraterrestres y extradimensionales se las arreglan para ingresar en nuestro mundo trastornándolo todo o bien permanecen al acecho, a la espera del momento más adecuado para apoderarse de la realidad que conocemos... o mejor dicho, creemos conocer.

Las cosmogonías del maestro de Providence han influido decididamente no sólo en la literatura de terror posterior a su época, sino también en la obra de los escritores de ciencia-ficción que, en muchos casos, lo que hicieron fue

continuar algunas de las líneas trazadas por el extraordinario narrador a comienzos del siglo XX.

En esta selección hemos buscado la presencia de relatos
de Lovecraft donde el elemento fantástico se mostrara con
toda la potencia que nuestro autor sabía imprimirle, seguros
de que el deleite que producirá en el lector aficionado a este
tipo de narraciones no ha menguado sus poderes con el paso
del tiempo trascurrido desde que fueron escritas.

Es verdad que desde la época de Lovecraft mucho ha
adelantado la ciencia-ficción y el cuento fantástico, de la
mano de los descubrimientos científicos que le brindan a la
primera abundante y novedoso arsenal de recursos y argu-
mentaciones, mientras que el segundo subgénero aprovecha
también esas posibilidades pero haciendo más hincapié en la
imaginación y la posibilidad de mezclar tiempos y regiones;
pero asimismo es irrefutable que sin lo ya establecido por
Lovecraft previamente, faltaría la base misma que abrió esos
senderos.

El resultado de nuestra búsqueda, en las páginas que
siguen, es la vertiente fantástica –o fantásticamente aterradora– del inmenso talento de nuestro autor, expresada en
varias de las obras que pueden entrar en esta categoría.

La obra general

Pese a que ciertos estudiosos de la narrativa de horror
fantástico estadounidense (y otros que no lo son tanto) puedan no estar de acuerdo con esta categorización, es posible dividirla en tres grandes secciones, en base a aquellos
autores que mejor la forjaron hasta el presente. Ello, porque
las obras de estos escritores señaló caminos nuevos y esos
senderos fueron seguidos por muchos más, al punto de que
cada uno de estos maestros se constituyó en la mayor y más
determinante influencia de sus seguidores, fuesen o no sus
contemporáneos.

Así, podemos fijar una primera etapa con la descollante presencia de Edgar Allan Poe (1809-1849), cuyas narraciones superaron el cosmos puritano de brujería y satanismo característico de la fase anterior –con Nathaniel Hawthorne (1804-1864) a la cabeza– para brindar al lector amigo de los escalofríos un nuevo mundo, tan etéreo y romántico como espeluznante, donde el predominio de las atmósferas etéreas e irreales va concretamente acompañado por el paso entre lo vivo y lo muerto.

Howard Phillips Lovecraft, nacido en Providence, Rhode Island, el 20 de agosto de 1890, donde falleció el 15 de marzo de 1937, tuvo una vida casi tan breve como la de célebre predecesor en la innovación del género, mas esos cuarenta y seis años le alcanzaron para darle un nuevo rumbo al género, incorporando el horror cósmico, la amenaza constante del resurgimiento de entidades espeluznantes y anteriores a la humanidad, latentes en nuestro mismo mundo.

El valor de un autor suele estimarse sobre la base de sus capacidades para edificar un universo propio, sea cual sea el género literario al que se dedique. Si esto es así, no hay duda de que tenemos sobradas razones para sindicar a Lovecraft como un auténtico clásico del terror y un maestro perdurable, ya que pocos como él han sabido burilar tan magistralmente los contornos de un inédito procedimiento: el de apartarse del dualismo cristiano bien/mal, del entorno histórico que conocemos, para mostrarnos que el miedo puede provenir de los resabios de un estado de las cosas infinitamente anterior a la misma historia de la humanidad, uno que jamás se ha apartado de nosotros aunque lo ignoremos. Una imagen del mundo nueva para terrores novedosos, eso es lo que propone Lovecraft, y por cierto que lo logra en la abrumadora mayoría de sus páginas. Lo que él crea es una nueva mitología, habitada por seres vivos, muertos o aletargados, venidos de estrellas que aún no conocemos, provenientes de ignotas dimensiones situadas más allá del tiempo y el espacio, que esperan para desalojar definitivamente a la humanidad de su sitial predominante. Esto no podía estar más de acuerdo con las nuevas teorías sobre la materia, el origen del universo y su real composición, nociones que en la época de nuestro autor estaban dejando ya la esfera restringida de los congresos de eruditos para ser paulatinamente difundidas –y distorsionadas– en el campo del conocimiento más popular. ¿Qué hace entonces Lovecraft? Pues en base a esas novedosas ideas, sumadas a sus irregulares pero atentos estudios de la mística, la teosofía, el ocultismo y otras disciplinas aunque de dudosa estirpe bien inquietantes, edificar un museo del horror conveniente para albergar los espantos inéditos que pudiesen horrorizar a sus contemporáneos adecuadamente. El hombre de la época en que vivía Lovecraft –y las generaciones venideras tampoco– ya no podía estremecerse leyendo las historias de Hawthorne, si bien magistrales, faltas de los elementos de identificación del individuo consigo mismo y con los horrores de su tiempo. Tampoco podían asustarlo –después de la Primera Guerra Mundial, por ejemplo– las pálidas y sepulcrales bellezas moribundas de Poe, sus climas enrarecidos: la casa Usher llevaba mucho tiempo demolida bajo los cañonazos del siglo XX, un mundo en llamas. El espanto nuevo debía reflejar el horror de un tiempo donde las contradicciones ocultas, los conflictos soterrados –y la permanente, insidiosa amenaza de que cuanto era conocido se pudiera trastocar– tenían posibilidades de estallar, absorbiendo definitivamente el *status quo* del individuo. Que esos factores alcanzaran a transformar todo lo familiar y conocido, súbitamente, en el escenario más devastador, ése era el miedo propio de la época, y cae de lleno que la situación no cambió demasiado tras la Segunda Guerra Mundial, la Guerra Fría y el tambaleante equilibrio de nuestra época. Esto último muy posiblemente tiene que ver, y mucho, con la absoluta vigencia de Lovecraft como maestro del horror moderno, ya pasado el siglo XX en el que escribió sus terroríficos relatos.

Me referí al comienzo a tres maestros y mi lista se completa con Stephen Edwin King (1947), cuyos detractores – también los tuvieron Poe y Lovecraft, aunque por distintas razones que King– no le perdonan que sea millonario, *best seller* y otros pecados similares, poniendo en segundo lugar su extraordinaria innovación del género, al acercar dos pasos más el miedo al individuo contemporáneo, rodeándolo de horror al develar que las causas de sus escalofríos habitan lo cotidiano, no corresponden obligadamente a paisajes remotos ni a climas fuera de lo común; en King el espanto es lo que relatan dos niños mientras juegan al alcance del oído de los adultos, lo que emerge inesperadamente mientras hacemos la fila ante la caja del supermercado. Es el maestro de aquel horror que asoma apenas alargamos la mano. Sin embargo, y fundamentalmente en la serie de obras que constituyen la saga de *The Dark Tower*, King es deudor de muchos aspectos antes tocados en profundidad por Lovecraft: el espanto que habita en pueblos escondidos, el contacto y la continuidad de las historias entre sí, la abundante referencia a recortes de periódicos como indicios; personajes de King como The Crimson King, John Farson, o el espantoso payaso Pennywise, de su novela *It*, tienen mucho que ver con el maestro de Providence. Nada surge de la nada y aunque el gran escritor de Maine tenga muy bien ganado su lugar, posiblemente Lovecraft hubiese podido surgir sin Poe o Hawthorne, pero bastante le faltaría a King para ser quien es si no lo hubiese precedido Lovecraft.

El autor

Lovecraft nació el 20 de agosto de 1890 en el N°194 de Angell Street, en Providence, Rhode Island, siendo el único hijo de Winfield Scott Lovecraft, un vendedor de la Gorham Silver Company, y de Sarah Susan Phillips, descendiente de una antigua familia de Massachusetts llegada a América en 1630. Desde niño, el futuro maestro del terror mostró poseer un carácter solitario y abstraído, más dado a visitar comarcas apartadas que a jugar con otros chicos de su misma edad. En esos parajes podía dar rienda suelta a su imaginación, de igual modo que luego lo haría en sus relatos. A los ocho años perdió a su padre, quien murió en el manicomio de Providence a causa de la etapa terminal de la sífilis que destruyó su sistema nervioso. Desde entonces la educación del muchacho estuvo a cargo de su madre, sus tías Lillian Delora y Annie Emeline, y Whipple Van Buren Phillips, su abuelo materno, un destacado empresario. Ya antes, el niño había dado claras muestras de su prodigiosa inteligencia e imaginación: leía a los tres años y comenzó a escribir a los siete; a los catorce años (1905) firmó su primera obra, titulada *The Beast in the Cave* (La bestia en la cueva), un cuento corto con fuerte influencia del relato gótico (lo publicó en 1918 el periódico *The Vagrant*). Dos años después, el joven Lovecraft tenía a su cargo la columna de astronomía del *Providence Tribune*. La nutrida biblioteca de su abuelo lo proveyó de abundante material de lectura, con predilección por los relatos fantásticos, aunque abordó volúmenes de las más variadas disciplinas. La educación formal de Howard se había resentido debido a su mala salud y a los excesivos cuidados que le prodigaban sus familiares: no asistió a clases hasta cumplidos los ocho años y apenas pudo completar el año lectivo; su educación media se redujo a sólo dos años y algunos meses en la escuela pública de Hope Street. Luego Lovecraft abandonó para siempre la educación regular.

Con el fallecimiento de su abuelo materno en 1904 y una mala administración de sus propiedades, la familia quedó prácticamente en la ruina; reprobado en matemáticas, el adolescente Howard vio frustrada su ilusión de seguir la carrera de astronomía y sufrió un fuerte shock nervioso, tras el cual llevó una vida de encierro en la ahora modesta vivienda familiar. La muerte de su madre, en 1921, solamente agudizó el retraimiento y el aislamiento del autor. Mientras tanto, Lovecraft apenas si alcanzaba a sobrevivir como corrector de textos de otros autores.

Paralelamente, continuaba escribiendo relatos fantásticos, pero no fue sino hasta 1923 que pudo publicar profesionalmente su primer relato, *Dagon* (incluido en esta selección) en la luego famosa revista *Weird Tales,* cuando ésta comenzó a editarse en marzo de aquel año, dirigida por Edwin Baird. A partir de entonces su fama fue creciendo extraordinariamente, al tiempo que iniciaba una extensa correspondencia con admiradores de diversos estados norteamericanos, fieles seguidores que incluían en sus filas a quienes luego serían a su vez reputados autores, como Robert Bloch, August Derleth, Donald Wandrei, Clark Ashton Smith y Robert E. Howard. Esta correspondencia voluminosa iría creciendo hasta el final de la vida de nuestro autor, quien a su muerte dejó un estimado de cien mil cartas escritas de su puño y letra.

En 1924 contrajo enlace matrimonial con Sonia Greene, propietaria de una tienda de sombreros en Brooklyn, Nueva York, adonde ambos se mudaron. Su esposa perdió su negocio y su salud al poco tiempo: Howard, casi desempleado, no representaba ningún sostén económico para ella y la mujer —siete años mayor que su esposo— se mudó a Cleveland buscando algún empleo. Nuevamente solo, Lovecraft se divorció de mutuo acuerdo con Sonia en 1926.

Frustrado y atormentado por una variedad de fobias que incluían el temor a las personas, la luz solar, el calor —que le resultaba intolerable por encima de los 20°c-- el mar y otros detonantes, Lovecraft volvió a vivir con sus tías en Providence, hundiéndose más y más en el aislamiento y la soledad. Sin embargo, algunos de los hitos más importantes de su obra surgieron en esta época desgraciada de su existencia, desde mediados de los años 20 hasta casi el final de los 30. La revista *Weird Tales* fue el medio que publicó por entonces gran parte de sus relatos, aunque —como en el caso de Edgar Allan Poe– lo poco que recibía por sus cuentos apenas le alcanzaba a su autor para sobrevivir malamente. En 1932 la muerte de una de sus tías lo llevó a vivir en una exigua habitación de alquiler con otra de las hermanas de su madre y paulatinamente, sus dolencias físicas y mentales fueron agravándose, lo mismo que su situación económica, hasta el extremo de que comenzó a sufrir de desnutrición. Internado de urgencia en febrero de 1937 en el hospital. Jane Brown Memorial, de Providence, falleció en la sala general en la mañana del 15 de marzo de aquel mismo año, a causa de un cáncer intestinal complicado con una grave insuficiencia renal. Sepultado en el cementerio de Swan Point, en su ciudad natal, en su lápida se puede leer una significativa frase: *"Yo soy Providence"*.

Sin duda Lovecraft es Providence, el clima aún misterioso de Nueva Inglaterra y mucho más, presente en sus magníficos y aterradores relatos. La elección que hemos realizado de ellos abarca, en secuencia cronológica, desde sus primeros logros hasta el final de su carrera como autor de horror que ha perdurado hasta nuestros días y que, seguramente, resultará no menos efectivo en esa nebulosa comarca que es el mañana.

Por entonces el miedo no se habrá ido, tampoco Lovecraft.

Luis Benítez

En las murallas de Érix

Antes de retirarme y ver si es que puedo reposar un poco, dejaré escritas estas notas, como bocetos de un informe más detallado que es imperativo que yo realice. Aquello que descubrí es cosa tan especial, tan opuesta a cuanto conocí antes, aun a cuanto resulta factible anticipar, que bien amerita una descripción minuciosa.

Arribé a la base madre en Venus –de acuerdo con el calendario terrestre– un 18 de marzo, o sea, el VI, 9, según el estimado correspondiente a ese planeta. Después de recibir por destino la división más numerosa, una que era comandada por Miller, me proporcionaron el equipo adecuado, consistente en un reloj capaz de tomar en cuenta la rotación venusina, más veloz que la de nuestro mundo. Entonces me apliqué al adiestramiento reglamentario, a realizar con máscara. Pasado un par de días fui estimado como apto para cualquier tipo de misión. Dejé la base de la compañía "Cristal", en Terra Nova, al alba, el día VI, 12, y tomé el rumbo sur, que Anderson había antes cartografiado desde la altura. El sendero era pésimo, dado que las selvas se tornan casi imposibles de atravesar después de las precipitaciones.

La humedad ambiente debe ser el factor que les otorga a las lianas y el ramaje una dureza similar a la del cuero, tanto que se precisa una labor de diez minutos, a machetazos, para lograr eliminar algunos de esos obstáculos.

Llegado el mediodía aquel medio se veía algo más seco y la vegetación se mostró en torno más blanda y gomosa, permitiendo trabajar más efectivamente a mi machete; de todas maneras, no podía marchar a una velocidad mucho mayor. Las máscaras de oxígeno de la clase Carter son de gran peso: simplemente cargar con una ya agota a un hombre común. Las máscaras Dubois, dotadas de un dispositivo esponjoso en vez de uno con cilindros, proporcionan un modo de respirar de tanta calidad como las Carter y pesan la mitad.

Al parecer mi detector de metales funcionaba correctamente, señalando persistentemente hacia un punto que confirmaba el informe elaborado por Anderson. Es cosa llamativa comprobar ese principio afín, fuera de esas tonterías de las añejas "varas de rabdomancia" terrestres. Era factible entonces la existencia de un extenso yacimiento de cristales en un área con un radio de 1500 kilómetros, aunque podía estimar que los infames lagartos humanoides estarían vigilando todo el sitio. Seguramente ellos supondrán que somos imbéciles por irrumpir en Venus en busca de esos materiales, tal como nosotros creemos que ellos son idiotas por arrodillarse en el cieno y venerar cualquier fragmento de los cristales que les salga al paso, así como por conservar una masa imponente de estos sobre un altar, en su templo. Cuánto me agradaría que cambiasen de hábitos religiosos, dado que solamente emplean los cristales para elevarles sus plegarias. De no ser por un credo como ese, no tendríamos mayores inconvenientes para hacernos de cuantos se nos diese la gana; así alguna vez aprendieran los hombres lagarto a hacer buen uso de ellos para acceder a una fuente de energía, de todas maneras habría sobrado stock de esos materiales para su planeta y el nuestro.

Por lo que a mí respecta, estoy harto de no poder ocuparme de los yacimientos mayores y tener que contentarme con buscar cristales aislados en los cauces de la selva. Alguna vez haré efectivo cuanto pueda a fin de propiciar una masacre de esos infelices con escamas, por parte de una buena fuerza militar terrestre. Con veinte naves de trasporte de tropa bastaría: no se puede admitir que esas bestias inmundas sean humanos, por más "urbes" y torreones que levanten. Su única destreza es esa, la construcción, y también el empleo de espadas y proyectiles ponzoñosos. No me parece que sus supuestas "ciudades" sean otra cosa que hormigueros o diques de castores y pongo en duda que siquiera tengan una genuina lengua. Todas esas tonterías respecto del contacto psicológico que supuestamente concretan empleando los tentáculos pectorales carecen del más mínimo sentido. La gente se deja embaucar por el mero asunto de que se desplacen sobre un par de patas, apenas un aleatorio parecido con nosotros. Cuánto me complacería alguna vez cruzar por una selva de Venus sin tener que disponer permanentemente de mis cinco sentidos como alerta ante una posible aparición de los hombres lagarto o para rehuir un ataque de sus dardos envenenados. Tal vez no se irritaron previamente, cuando principiamos a extraer sus dichosos cristales, mas en la actualidad ello representa un gran riesgo. Nos arrojan sus proyectiles letales, atentan contra nuestras reservas acuíferas; a cada paso estoy más seguro de que poseen alguna suerte de sentido singular, parecido a nuestros detectores de materiales.

No se han registrado casos donde se hayan metido con un terrestre –salvo los episodios en los que lanzan sus dardos, invariablemente desde muy lejos– si el sujeto no transporta cristales consigo. Era casi la una de la tarde cuando uno de esos proyectiles por poco me quitó el casco con su impacto y estuve a punto de suponer que una de mis cargas de oxígeno estaba dañada. Esos malignos demonios no hicieron ruido alguno, pero un trío de esos engendros me había ya rodeado. Le acerté a cada uno de ellos con un arco amplio de mi lanzallamas: aunque su color se mimetizaba con el fondo selvático, el movimiento del ramaje era suficiente como para delatarlos. Una de mis presas medía sus buenos dos metros y medio, con una jeta parecida a la de un tapir. En cuanto a los restantes, resultaron del tamaño habitual, dos metros con unos diez centímetros de estatura. Solamente su crecida cantidad los constituye en un factor de riesgo, mas un mero regimiento equipado con lanzallamas bastaría para aniquilarlos. Empero, es cosa llamativa comprobar por qué medios se volvieron la especie suprema en Venus. El planeta no cuenta con otras variedades de seres vivientes más desarrollados que los akmans y los skorahs, que se arrastran, o los tukanhs, que pueden volar y corresponden al otro continente. Ello, por supuesto, si no resulta que esas excavaciones propias de la Meseta Dioneana algo esconden...

Como a las catorce horas el detector señaló un punto hacia el oeste, identificando cristales aislados a mano derecha. Ello se correspondía exactamente con lo antes afirmado por Anderson y por ende, rectifiqué mi derrotero. El sendero era arduo y ello no solamente por la pendiente, sino también porque la fauna y la presencia de plantas carnívoras se tornaban más abundantes. La había emprendido a machetazos contra los ugrats y aplastado skorahs sin pausa y mi atuendo de cuero estaba completamente maculado por los estallidos de darohs, que impactaban sobre mí provenientes de todas partes. Se había debilitado la luz por culpa de la niebla ambiental y el calor solar se mostraba incapaz de secar el limo. En cuando avanzaba un paso mis extremidades se hundían como quince centímetros y se podía escuchar un ruido de succión al levantar el pie. Cómo me satisfaría que alguno inventara un novedoso material para los trajes que se deben usar en este sitio, uno que no fuese cuero. Desde luego, la tela se descompondría, mas cierta variedad de delgada trama metálica y resistente —como la superficial de este portapapeles, resistente a la putrefacción— debería ser algo factible de obtener.

Ingerí algo como a las 15.30 horas, como si se pudiese admitir que deglutir estas inmundas píldoras alimenticias a través de la máscara resulta comparable a "comer". Seguidamente le presté atención a la metamorfosis del medio, algo extremadamente evidente, porque las fulgurantes inflorescencias ponzoñosas cambiaban de tonalidad, adquiriendo un matiz lúgubre. Las formas de cuanto me rodeaba parecían temblar de acuerdo con cierto ritmo preestablecido y se dejaban ver refulgentes puntos luminosos, danzando a un ritmo aletargado y permanente. Al mismo tiempo, la temperatura ambiental también cambió, siguiendo un ritmo como de tamboriles...

La suma del universo parecía temblequear con hondas fluctuaciones de pulso regular, las que llenaban cada centímetro de aquel espacio y hasta abarcaban mi cuerpo y mi mente. De ese modo fue que perdí el más mínimo sentido del equilibrio y el mareo consiguiente me llevó a tambalearme, aunque nada cambió al cerrar los ojos y taparme con las manos los oídos. Empero mi pensamiento aún era lúcido y enseguida comprendí lo acontecido. Finalmente había dado con una de esas extrañas plantas de espejismo, que habían dado pie a tantos relatos entre nuestros efectivos. Anderson me había avisado que me cuidara de ellas, describiendo minuciosamente su aspecto, señalando sus tallos peludos, sus hojas cubiertas de aguijones y las flores moteadas cuyas emanaciones gaseosas generan sueño. Resultan inútiles contra sus efectos los filtros de todos los modelos de máscaras. Al rememorar lo sucedido a Bailey tres años antes, me embargó un efímero terror y di en correr tambaleando a través del demencial y confuso universo que las emanaciones de esos vegetales habían hecho surgir en torno de mí. Después la razón tornó a mi mente y entendí que solamente debía alejarme del sitio aquel donde surgían tan peligrosos vegetales, para poner distancia entre mi persona y el origen de las alucinaciones. Así tomé a ciegas un sendero, sin darle importancia ni la menor consideración a cuanto parecía girar y oscilar en torno, hasta llegar en mi huida a escapar del área de acción efectiva de las plantas y encontrarme en un sitio ya seguro.

Pese a que todo se movía en círculos peligrosamente, intenté persistir en el rumbo adecuado y seguir adelante. Esa era mi meta y mi derrotero no debía ser en línea recta, pues transcurrieron, al parecer, varias horas antes de que alcanzara a liberarme de las plantas generadoras de ilusiones. Paso a paso las luces que bailaban en torno a mí principiaron a difuminarse y ese paisaje fantasmal terminó por tener una apariencia más concreta. Cuando me hallé a seguro consulté mi reloj pulsera y me llenó de estupor comprender que apenas habían dado las dieciséis horas con veinte minutos. Pese a que suponía que había transcurrido una eternidad, la suma de esa vivencia apenas había ocupado treinta minutos. Aunque toda demora suponía una molestia y había perdido mi rumbo escapando de los efectos de esos peligrosos vegetales, seguí avanzando pendiente arriba, fiel al rumbo indicado por el detector de cristales, abusando de mis reservas energéticas con tal de adelantar más velozmente. La espesura seguía presentándose compacta, pero se apreciaba menos fauna en los alrededores. En determinado momento una planta carnívora se enroscó en mi pie derecho, tan vigorosamente que necesité del machete para liberarme, destrozando íntegramente al vegetal en mi intento.

Antes de una hora comprendí que la espesura se reducía y como a las diecisiete horas, ya atravesada un área poblada de gigantescos helechos mas escasos arbustos, logré salir a una extensa meseta cubierta de musgo. Entonces mi marcha se tornó más veloz y comprobé, al ver cómo se agitaba el marcador de mi detector, que ya estaba cerca del cristal que era mi objetivo. Era ciertamente cosa rara aquello: en su mayor proporción, las dispersas esferas semejantes a huevos se encontraban depositadas en los riachos selváticos, muy difíciles de hallar en esas tierras elevadas, carentes de arboleda.

El suelo continuaba ascendiendo, para acabar en una marcada cumbre. A ella arribé media hora más tarde, para contemplar una planicie vasta y a lo lejos, unos bosques. Indudablemente esa era la meseta señalada en los mapas trazados por Matsugawa desde el aire, medio siglo antes, denominada Éryx y asimismo Meseta Eryciniana. Mas aquello que hizo aumentar mis latidos resultó ser cierto detalle, algo que no podía hallarse alejado del centro preciso de esa planicie: un exclusivo punto luminoso, fulgurante incluso pese a la niebla, uno que semejaba atraer la perforante luminosidad concentrada de los amarillos rayos del 501, debilitados a causa de la neblinosa atmósfera circundante. No cabía duda alguna acerca de que ese era el cristal que yo buscaba, no más grande que un huevo de gallina, mas que representaba un caudal energético adecuado como para calentar durante un año entero a una ciudad. Al tiempo que admiraba ese fulgor lejano, me preguntaba por qué razón sería que esos infames lagartos humanoides veneraban esos cristales, cuando ignoraban por completo su poder energético.

Me lancé a la carrera, intentando hacerme del imprevisto premio cuanto antes, y me irritó pasar del paso firme sobre el musgo a hundir mis botas en un inmundo cieno manchado de vegetación y francamente semilíquido. De todas maneras continué avanzando entre chapoteos, sin siquiera contemplar la más mínima posibilidad de que me estuviese vigilando algún lagarto humano. En definitiva, en terreno abierto no era demasiado factible ser víctima de una emboscada; al tiempo que adelantaba la luminaria aquella parecía acrecentar sus proporciones y su fulgor; empecé a entender que había algo muy singular en eso. Evidentemente ese cristal era de altísima calidad y mi júbilo aumentaba con cada chapoteo en su dirección. En esta instancia es que preciso poner más atención a mi narración, pues cuanto explicaré a continuación abarcará cuestiones insólitas, pero por suerte comprobables.

Yo corría hacia adelante con desbordadas ansias y ya estaba a unos escasos cien metros de mi objetivo, cuya ubicación en una suerte de altura de la planicie resultaba algo extraña si se tomaba en cuenta que había fango por todas partes, cuando un imprevisible y brutal impacto me acertó en el pecho y los nudillos, lanzándome hacia atrás, sobre el cieno. Fue tremendo cómo chapoteé en mi derribo; la blandura de la superficie, sumada a unas resbalosas hierbas que sobre ella había, sin embargo no privaron a mi cráneo de recibir un formidable golpe. Permanecí boca arriba un instante, incapaz de hilar mi pensamiento. Fue entonces que, como si fuese yo un mecanismo, me erguí y principié a quitarme de encima el cieno y la mugre que me cubría. Yo carecía de mayor idea acerca de qué era aquello que me había hecho caer: nada avizoré capaz de generar un golpazo como ese. Tampoco lo veía en aquel momento. Acaso, ¿solo había resbalado en el fango? Mis adoloridos nudillos y mi pecho magullado descartaban toda posibilidad de algo semejante, ¿sería aquello una mera ilusión generada por alguna escondida planta de espejismo? Debía desechar esa teoría: no apreciaba los síntomas característicos ni por las inmediaciones un sitio donde un espécimen tan llamativo pudiese esconderse de mis ojos.

De encontrarme en la Tierra, mi suspicacia me hubiese llevado a suponer que había chocado contra una barrera energética, una de la fuerza N aplicada en la zona por autoridades gubernamentales a fin de establecer un área vedada, mas en ese paraje inhabitado era descabellado siquiera imaginarse algo semejante. En definitiva alcancé después a recuperarme y me decidí por investigar aquello con el mayor cuidado. Poniendo mi machete delante cuanto podía estirarme, para que de tal modo fuese el arma lo primero que hiciese contacto con esa rara forma de energía, retomé la marcha rumbo al fulgurante cristal. Había dado tres pasos cuando me detuvo el choque del machete contra algo en apariencia sólido... ¡Donde mis ojos nada podían apreciar!

Debió pasar un rato antes de que lograra recuperar mi poder de voluntad y, extendiendo mi mano protegida por un guante de cuero, confirmé que había allí algún tipo de material tan sólido como invisible o, quizá, se trataba aquello de una ilusión del sentido del tacto... Al mover mis dedos confirmé que esa barrera poseía una buena extensión y era tan pulida como el vidrio, sin que se apreciara en ella ningún tipo de juntura de materiales. Animado a realizar otras comprobaciones, me saqué uno de los guantes y comencé a palpar eso con mis dedos desnudos. Por supuesto, su tacto era consistente y la superficie semejaba ser vidrio, dotada de una rara frialdad, en abierto contraste con la atmósfera circundante. Forcé al extremo mis ojos intentando avistar alguna señal del material obstructor, mas fue completamente inútil: ni la menor traza de una potencia refractiva, según el área ubicada enfrente. La falta de una capacidad de refracción estaba demostrada porque no había una imagen solar fulgurando en sitio alguno. Una poderosa curiosidad ocupó mi mente y traté de realizar nuevas comprobaciones lo mejor que pude: empleando mis manos confirmé que la barrera cubría desde el suelo hasta un sector más elevado del que se hallaba a mi alcance, extendiéndose sin límite advertible hacia ambos flancos. Era aquella cierta clase de muralla, mas su sentido y la materia empleada para su confección resultaban inimaginables. Otra vez recordé la planta alucinógena y sus efectos, pero tras rumiar un rato la cuestión la descarté sin más ni más.

Golpeando enérgicamente la barrera con el cabo del machete, y propinándole puntapiés protegido por mis gruesas botas, intenté interpretar los sonidos que se producían con mis maniobras. En esos reverberos se apreciaba un detalle que llevaba a rememorar el cemento armado, pese a que mis manos percibían que aquella superficie era en mejor medida vítrea o quizá metálica. En definitiva: que yo me las veía con algo muy raro y carecía para ello de toda experiencia anterior. De acuerdo con la lógica, lo que cabía hacer a continuación era estimar cuáles podían ser las proporciones de aquella muralla. Iba a ser arduo calcular su altura, si no resultaba francamente impracticable, y por ello tal vez resultara más factible atender al asunto de su largo y su forma. Extendiendo mis brazos y apretándome contra la barrera, di en moverme pausadamente en dirección izquierda, atento a qué lado le estaba dando el frente. Efectuados unos cuantos pasos estimé que ese muro no resultaba ser recto, sino que conformaba algo así como un vasto círculo; tal vez tenía un recorrido elíptico. En esa instancia atrapó mi atención algo por completo diferente y referido al todavía distante cristal, aquella meta de mis investigaciones.

Mencioné antes que incluso desde más lejos la ubicación de esa cosa fulgurante resultaba rara, imposible de definir, porque estaba elevada al hallarse sobre una como excrecencia surgida del fango. Entonces, apenas a cien metros de ella, lograba avizorar nítidamente −pese a la neblina, inclusive− en qué consistía esa elevación: se trataba de un hombre que gastaba un uniforme de cuero de la compañía "Cristal". Se hallaba tendido boca arriba y su máscara de oxígeno estaba hundida a medias en el cieno, cerca del cuerpo.

En su mano derecha, apretada rígidamente contra el pecho, se veía el cristal que me había atraído allí: una semiesfera de imposibles dimensiones, al punto que esa mano muerta apenas alcanzaba a aferrarlo. Hasta encontrándome tan distante como entonces, lograba comprender que llevaba el sujeto de fallecido escaso tiempo, pues apenas había principiado el proceso de putrefacción. Colegí que en un sitio como aquel ello implicaba que había muerto en la jornada anterior. No tardarían las asquerosas moscas farnoth en apelotonarse sobre sus restos. ¿Quién habría sido aquel sujeto...? Definitivamente, no era alguien conocido por mí ni antes visto siquiera. Tenía que ser un veterano, alguno que llevara lejos mucho tiempo, llegado al área sin relación alguna con las labores emprendidas por Anderson. Pero entonces estaba allí tendido, liberado de cualquier inconveniente, con el fulgor del enorme cristal emanando de entre sus agarrotados dedos. Por algo más de cinco minutos continué admirando aquello, embargado de estupor y resquemores. Un llamativo espanto se apoderó de mí y sentí un impulso casi irrefrenable de lanzarme a escape. No era posible que los infames lagartos humanoides lo hubiesen acabado: seguía en su mano aquella esfera de cristal. ¿Tendría eso algún punto de contacto con el muro invisible? ¿Dónde habría el occiso dado con el cristal? El instrumental de Anderson había señalado la presencia de uno de esos tesoros en aquella área, mucho antes de que aquel individuo alcanzara a fenecer. Entonces principié a estimar esa barrera invisible como una cosa siniestra y así retrocedí, distanciándome de ese obstáculo temblando; empero no escapaba a mi entendimiento que debía resolver ese enigma definitivamente y a toda prisa, justamente en razón de ese luctuoso y tan flamante hecho.

Súbitamente me sacudí y ello devolvió mis pensamientos al asunto que arrostraba; concebí un modo factible de establecer cuán elevada era la barrera o, como mínimo, de comprender si continuaba elevándose sin límites.

Recogí algo de fango y permití que se escurriese el líquido hasta que se volvió más sólido en mi mano; entonces lo arrojé hacia arriba, contra la muralla invisible. A unos cuatro metros se estrelló sonoramente, cayendo a chorros veloces: nítidamente se apreciaba cuán elevado era aquello. Repetí el truco buscando una altura mayor y mi envío golpeó a cinco metros del suelo, para derramarse tan rápidamente como el anterior.

Fue en ese momento que empleé toda mi energía y me dispuse a arrojar otro puñado de barro, tan alto como pudiese. Nuevamente escurrí el puñado que había recogido y luego lo ceñí para obtener un proyectil bien compactado. Cuando lo lancé, lo hice con cierta inclinación y temí que no llegara a impactar en el muro invisible. Sin embargo, sí lo logró y esa vez atravesó la barrera y fue a caer sobre el cieno chapoteando con violencia. Finalmente podía sentar criterio acerca de la elevación de la muralla: más de seis metros. Era imposible trepar ese obstáculo liso y resbaladizo, tan vertical como resultaba el muro y de tamaña altura. Por ende, no me quedaba más recurso que continuar recorriendo la pared invisible esperando dar con una entrada, su término, alguna parte donde se interrumpiese. Acaso, ¿formaba un círculo aquello, otra forma cerrada o era meramente un semicírculo? Siguiendo mi iniciativa, retomé mi paulatino desplazamiento a mano izquierda, palpando arriba y abajo la superficie que no podía ver, esperando tener la fortuna de encontrar una abertura de alguna clase en ella. Previamente intenté señalar mi ubicación realizando una excavación en el cieno, mas era excesivamente líquido como para que conservara su forma. Así y todo pude marcar el sitio fijando mi atención en una elevada planta de la jungla distante, aparentemente alineada en relación al fulgurante cristal, que se hallaba a unos cien metros de mi ubicación. De no haber en la muralla alguna abertura, al menos sí podría comprender a qué instancia había rodeado por completo ese obstáculo.

No tuve que continuar prolongadamente mi proceder para poder establecer que la curva evidenciaba un ámbito circular, como de cien metros de ancho, siempre y cuando fuese regular. Ello indicaba que el occiso estaba tendido cercano a la muralla y en un sitio prácticamente contrario del área donde había dado comienzo mi comprobación. En ese caso, ¿yo me hallaba fuera o dentro del muro invisible? Prontamente lo sabría: cuando pausadamente di la vuelta al muro sin apreciar ninguna abertura en él, concebí que el cadáver tenía que hallarse dentro. Contemplándolo más de cerca sus rasgos y su modo de mirar me resultaron fuente de desasosiego. Ya más cerca de él, me pareció identificarlo como un sujeto llamado Dwight, cierto veterano con el que jamás había hecho algún contacto, pero sí lo había divisado en el destacamento el año anterior. Ese cristal que todavía sujetaba su mano era definitivamente un espléndido espécimen y el de mayor tamaño que yo había visto.

Tan cercano estaba del cadáver que, de no mediar la muralla, hasta hubiese alcanzado a tocarlo, y entonces mi mano izquierda encontró un ángulo en la imperceptible superficie. Enseguida comprendí que era esa una abertura como de noventa centímetros de ancho, extendida desde el suelo hasta una altura imposible de alcanzar para mí.

No existía alguna puerta, ni mayor evidencia de bisagras referidas a una que hubiese desaparecido. Sin dudar un segundo avancé un paso y luego otros dos hacia el difunto, que yacía en ángulo recto respecto del medio al que había logrado ingresar; aquello semejaba ser un pasillo franco, en intersección con la abertura. Comprobarlo me generó mayor curiosidad cuando además confirmé que el interior de ese ámbito tan extenso se hallaba segmentado y poseía muros divisorios.

Al agacharme para revisar el cuerpo hallé que no ofrecía heridas y ello no me asombró, puesto que la presencia del cristal era cosa contraria a que su deceso fuese obra de los lagartos humanoides. Indagando acerca de las razones posibles de su muerte, recayó mi mirada sobre la mascarilla de respiración que yacía cerca de los pies del muerto. Aquello sí que tenía sentido: sin ella, ser humano alguno lograría respirar la atmósfera venusina por más de medio minuto. Si ese había sido Dwight, con toda certeza había perdido toda posibilidad y quizá, se me ocurrió, habría portado su equipo con descuido, de manera que el mismo peso de los tubos de oxígeno había sido el responsable de aflojar el correaje. Ello no hubiese tenido lugar de haber usado el veterano una máscara del tipo Dubois. Aquel medio minuto había sido demasiado escaso para que el hombre recuperase su protección; otro tal vez, la composición atmosférica, tan cianógena, había resultado inesperadamente maligna cuando sucedió la tragedia. Quizás él se encontraba excesivamente concentrado, admirando aquel precioso cristal... Ello, independientemente de dónde lo había encontrado. En apariencia terminaba de extraerlo de entre sus vestiduras, porque la cubierta de una bolsa del traje de cuero estaba abierta. En esa instancia arrebaté al cadáver ese portentoso cristal, con gran dificultad por lo agarrotados que se encontraban sus dedos. Aventajaba en tamaño a un puño humano, fulgurando como si poseyera una actividad similar a la de los bermejos rayos solares del oeste. Al tocar la refulgente superficie sufrí un involuntario escalofrío, como si el preciado cristal me transmitiese el sino letal que había terminado con la vida de su dueño anterior. Empero mis desconfianzas prontamente se esfumaron y con el mayor cuidado guardé aquella pieza en la bolsa de mi uniforme. Jamás fui supersticioso...

Coloqué sobre la cara del occiso su casco, cubriendo aquellos ojos tan abiertos, me erguí y torné a salir por la abertura invisible, rumbo a la entrada de aquel vasto ámbito. En ese momento sentí mayor curiosidad por aquella rara construcción y fatigué mi mente cavilando respecto del material con el que había sido creada, cuál era su origen y en qué podía consistir su sentido: no lograba admitir que fuera esa una obra humana. Nosotros estábamos presentes en Venus desde hacía solamente setenta y dos años, los únicos seres humanos que había en el planeta eran los que vivían en Terra Nova. Asimismo, la tecnología terrestre no proveía de un elemento absolutamente traslúcido e incapaz de producir refracción, como aquel. Era desechable absolutamente la teoría de que en tiempos prehistóricos los humanos se hubiesen apoderado de Venus, y por ende debía retornar al concepto de que aquella construcción era de origen local. ¿Habría existido, previamente a los lagartos humanoides, una estirpe de criaturas muy evolucionada? Pese a su ciudades, esos reptiles locales no se veían capaces de construir algo como aquello... Era forzosa la existencia anterior de otra raza y cabía la posibilidad de que los hombres lagarto fuesen una postrera reliquia de aquella civilización. O, tal vez, ¿nuevas expediciones del porvenir darían con ruinas parecidas en cuanto a su origen? El sentido de erigir algo como eso daba pie para cualquier clase de especulación, mas su rara materia, en apariencia carente de todo fin práctico, parecía indicar una finalidad religiosa.

Al comprender que no era yo capaz de desentrañar aquel enigma, concluí que lo único que iba a hacer se reduciría a investigar aquella construcción imposible de ver. Me hallaba persuadido de que sucesivos salones y pasillos tenían sitio en la supuestamente vacía planicie cenagosa. Supuse que conocer su distribución era una manera de comprender algo más general. De manera que fui tanteando mi senda a través de la abertura y así pasé junto al cuerpo tendido y avancé atravesando el corredor hacia las áreas de las que, se suponía, había venido aquel individuo ya fallecido. Posteriormente iba a investigar aquel sitio que acababa de dejar atrás. Tanteando a mi paso, como un no vidente, y ello pese a la luz neblinosa, fui moviéndome pausadamente, siempre hacia adelante. Enseguida aquel pasillo giró abruptamente y comenzó a describir una voluta hacia el centro de círculos cada vez más estrechos.

De cuando en cuando tocaba yo un pasaje carente de puerta que hacía intersección con aquel por donde avanzaba y en varias ocasiones di con hasta cuatro sendas diferentes. En esas instancias invariablemente seguía el camino más interno, el que según parecía era una continuación del que yo venía siguiendo. Ya tendría sobrado tiempo para revisar las diferentes ramas divergentes, una vez que hubiese accedido a las áreas internas y retornado de estas. Apenas puedo narrar cuán rara fue aquella experiencia... ¡Cruzar las ramificaciones de una edificación invisible, creada por ignotas criaturas en un mundo tan extraño como ese! Finalmente, siempre tanteando, percibí que el pasillo terminaba en un área amplia, de grandes dimensiones. Ayudándome con el tacto siempre, comprendí que había dado con un recinto de planta circular, de unos tres metros de ancho. Guiándome por la ubicación del cadáver y algunos otros puntos de referencia del bosque, entendí que aquella área se encontraba en el centro de esa construcción o cerca de este y que de ella salían cinco pasillos, amén de aquel por donde yo había avanzado. Conservé la memoria de aquello, alineando la ubicación del cuerpo yacente con cierto árbol erguido en el horizonte, cuando me topé con la abertura correspondiente a esa estancia.

Nada, en aquel sitio, lo diferenciaba de los demás. De hecho, hasta ofrecía el mismo piso de fango. Me preguntaba yo si esa porción de la construcción poseería alguna techumbre y entonces repetí mi práctica anterior, arrojando puñados de barro; así comprobé que no. Si en alguna oportunidad había tenido un techo aquello, seguramente se había derrumbado tantísimo tiempo atrás, porque jamás di con escombros a mi paso por aquel lugar.

En tanto que cavilaba, tuve la ocurrencia de que era efectivamente muy raro que toda esa construcción invisible, según se podía colegir tan antigua, no poseyera escombros, fisuras y otras huellas precisas del transcurso del tiempo. ¿Qué cosa era aquella y qué había sido antes? ¿Qué material era aquel empleado para erigirla? ¿Por qué razón no era factible apreciar que sus muros estaban ensamblados, siendo, como eran, pasmosamente vítreos y homogéneos? ¿Cómo era posible que no tuviese puertas interiores o exteriores? Apenas sabía yo que estaba en una estructura de planta circular, carente tanto de puertas como de un techo, erigida empleando un material rarísimo, liso, traslúcido, no reflectante, como de unos cien metros de ancho, con múltiples pasillos y una escueta salita circular en su centro. Nada podría enseñarme algo más al respecto.

Fue entonces que percibí que el sol iba bajando hacia el oeste y ya era un áureo disco flotando sobre un lago bermellón y anaranjado por encima de la arboleda, borrosa gracias a la neblina del horizonte. Era evidente que debía darme prisa si realmente deseaba optar por un sitio seco donde reposar previamente a la llegada de la noche.

Desde hacía mucho tiempo había decidido acampar y pasar aquella noche en el firme borde de la meseta, aquel que estaba tapizado de musgo, cercano a la cumbre desde la que por primera vez había vislumbrado el cristal fulgurante, aguardando que mi acostumbrada buena suerte me pusiera a salvo de los lagartos humanoides. Invariablemente supuse que teníamos que realizar nuestras incursiones de a dos o más personas, a fin de que uno montase guardia mientras el otro descansaba, mas la escasa probabilidad de que se produjeran hostilidades nocturnas llevaba a las autoridades a no preocuparse de ello en mayor medida. Esos infames seres escamosos parecen tener problemas para ver de noche, incluso a pesar de sus llamativas antorchas fosforescentes.

Al retomar el pasillo por donde yo había venido torné a regresar a la entrada de esa construcción; las próximas incursiones bien podían aguardar a la siguiente jornada.

Tanteando como mejor pude a través del pasadizo, con apenas una dirección general, mis recuerdos y el difuso reconocimiento de unos escasos matorrales de la planicie como guías, rápidamente me hallé otra vez vecino al difunto: ya había un par de moscas farnoth sobrevolando el semblante cubierto por el casco, y entendí que empezaba a descomponerse. Con una inútil repugnancia instintiva alcé la mano para alejar a esos insectos carroñeros... cuando algo muy raro e inesperado tuvo lugar.

Una pared invisible detuvo mi mano y me demostró que, pese al cuidado que había puesto en volver atrás por el mismo sendero, yo no me encontraba entonces en el mismo pasillo donde estaba tendido aquel cuerpo. Sí me hallaba en uno paralelo: indudablemente había tomado un camino erróneo en alguno de los tortuosos pasillos que había dejado a mis espaldas. Esperando dar con una puerta que accediera a la entrada algo más adelante, continué mi sendero, mas súbitamente me topé con un muro que me clausuraba el avance. De modo que debía retornar a la sala central y volver a tomar mi camino. No tenía modo alguno de reconocer en qué punto había errado la dirección de mi avance.

Observé el suelo por comprobar si, milagrosamente, este había conservado alguna pisada que me fuese útil a modo de orientación, mas inmediatamente comprendí que aquel cieno semilíquido acababa en segundos con todo rastro depositado sobre él. No me fue difícil hallar otra vez mi derrotero hacia el centro de la estructura y al llegar a él medité concienzudamente acerca del derrotero correcto que me condujera al exterior de la edificación invisible. Anteriormente había girado excesivamente hacia la derecha y en mi posterior intento debía intentar desviarme en mayor medida hacia la izquierda al llegar a cierto punto... que tendría que establecer ya durante mi trayecto. Avanzando así tenía confianza en estar siguiendo la dirección adecuada y me desvié hacia la izquierda en una encrucijada que tenía la seguridad de recordar correctamente. La voluta continuaba y tuve cuidado de no extraviarme por alguna intersección, mas enseguida comprobé, irritado, que pasaba a buena distancia del cuerpo.

Era claro que ese corredor desembocaba en la muralla exterior en un sitio que se hallaba distante del lugar donde estaba el muerto. Aguardando que existiese otra vía de escape hacia la mitad de la pared que no había explorado, continué avanzando algo más, pero finalmente me topé otra vez con una barrera invisible. Con toda evidencia, la estructura de esa construcción era más compleja de lo que antes había creído.

Fue en ese instante que dudé entre si lo mejor era retornar otra vez a la estancia central o probar de seguir algún pasillo lateral. La última posibilidad implicaba el riesgo de romper el esquema mental que me señalaba mi ubicación; en consecuencia, lo mejor era no intentarlo en caso de que no alcanzase a imaginar algún modo de dejar un rastro detrás de mí. Eso era todo un problema y me exprimí la mente en busca de algún método adecuado. Al parecer no contaba con ningún elemento para ello, nada que desparramar o cortar en pedazos para ir dejándolos detrás.

Mi pluma nada podía trazar en esa muralla invisible, y no podía dejar un camino empleando mis imprescindibles tabletas alimenticias. Así hubiese estado dispuesto a privarme de ellas, no hubiesen alcanzado para tal propósito. De todas maneras, eran tan diminutas que en el acto se les hubiese tragado el cieno. Rebusqué en mis bolsillos intentando dar con algún añejo anotador, uno de esos que, extraoficialmente, se emplean en Venus pese a que la atmósfera corrompe el papel enseguida; bien podría romper sus páginas y diseminar los fragmentos así obtenidos, pero no había traído uno conmigo. El material delgado pero muy resistente del bloc de notas oficial era imposible de rasgar y en cuanto a mi uniforme, tampoco era posible hacerlo: en esa singular atmósfera venusina no podía correr el riesgo de desechar mi uniforme de cuero y hasta se había dejado de lado cualquier prenda interior por la misma causa.

Intenté macular con fango las pulidas paredes después de apretarlo a fin de que resultara lo más seco que fuese posible, mas se deslizaba hasta el suelo tan velozmente como los puñados que antes había empleado para indagar qué altura tenía aquella estructura. Finalmente apelé a mi machete e intenté rayar esa fantástica superficie, para dejar en ella alguna señal reconocible al tacto, así no pudiese verla desde lejos. Pero también aquello fue infructuoso: la hoja de mi arma no rayaba en lo más mínimo esa extraño material.

Derrotado en todas mis iniciativas, otra vez fui en busca de la estancia central, apelando a lo que recordaba. Al parecer, era más fácil retornar a ese sitio que seguir una definida dirección que pudiera alejarme de él. No me fue difícil dar otra vez con esa cámara. En esa ocasión fue registrando en mi anotador cada vuelta que daba, trazando un esquema basto y supuesto de mi derrotero, donde especificaba todas y cada una de las intersecciones. Desde luego que aquello representaba una labor demencialmente lenta, puesto que todo debía ser establecido empleando el sentido táctil y las chances de equivocarse eran incontables, mas suponía que, en definitiva, ese diagrama me sería útil.

Al arribar al área central ya había oscurecido mucho en Venus, mas todavía albergaba esperanzas de alcanzar el exterior antes de que las tinieblas fuesen completas. Cuando comparé mi esquema con lo que previamente recordaba, suponía haber ubicado mi primer yerro, por lo que nuevamente avancé confiadamente por el pasillo invisible.

Me dirigí todavía más hacia la izquierda que antes e intenté marcar mis giros en el anotador por si llegaba a haberme equivocado. La oscuridad se acrecentaba visiblemente, mas todavía alcanzaba a ver las formas del cadáver, ya en el centro de un inmundo enjambre de moscas farnoth. Sin duda no iba a faltar mucho para que los sificlighs, que moran en el fango, se aproximaran babeantes desde la planicie para darse un asqueroso banquete.

Con mucha reserva me aproximé al muerto y ya estaba preparándome para pasar a su lado, cuando un súbito choque contra un muro me confirmó otra vez que había tomado la dirección errónea. Entonces comprendí que estaba definitivamente perdido. La complejidad de aquella estructura tornaba imposible encontrar una salida rápida y seguramente iba a tener que realizar un minucioso estudio previamente a poder tener alguna fundada esperanza de salir de ella.

Empero, todavía tenía ansias de arribar a un área seca antes de que la noche fuese cerrada, así que retorné nuevamente al sector central y di comienzo a una secuencia caótica de intentos invariablemente infructuosos, acumulando anotaciones a la luz de mi linterna eléctrica. Al emplear ese artilugio noté que no generaba reflejos, ni siquiera el más reducido resplandor, en los muros invisibles que me encerraban. Si embargo yo ya estaba prevenido para el caso, porque nunca el sol había generado algún tipo de destello en esa extraña materia.

Yo me hallaba todavía haciendo mis tanteos cuando oscureció por completo. Una espesa neblina escondía la mayoría de las estrellas y los planetas, pero la Tierra resultaba nítidamente visible: parecía un fulgurante punto de color entre verde y azul, flotando en el sudeste. Terminaba de atravesar el sitio de oposición y sería algo maravilloso de ver empleando un telescopio. Inclusive se podía apreciar la luna terrestre, cuando la niebla se tornaba menos espesa. Entonces era imposible ver el cuerpo, ese exclusivo punto referencial que yo tenía, por lo que retorné al área central después de dar otros pasos fallidos; en definitiva, debería dejar de lado la esperanza de reposar sobre una superficie seca.

Nada podía efectuar previamente a la reaparición del sol y, como estaban las cosas, lo mejor iba a ser descansar en aquel sitio. Reclinarse sobre el cieno no iba a ser una experiencia grata, mas contando con mi atuendo de cuero, era posible; en otras incursiones había conciliado el sueño en instancias mucho peores y en aquella la fatiga contribuiría a ir más allá de la repulsión que ello me producía.

Por lo que me encuentro así, en cuclillas sobre el cieno del área central y asentando mis anotaciones merced a la luz eléctrica: hay un factor casi gracioso en mi rara e insólita infelicidad, al estar extraviado en una estructura que carece de puertas y que, además... ¡ni siquiera puedo ver! Indudablemente lograré escapar de aquí en cuanto llegue la mañana y tarde en la tarde arribaré a Terra Nova portando el cristal. En verdad, se trata de una genuina hermosura, con un fulgor sorprendente incluso bajo la débil iluminación que brinda mi lámpara. Termino recién de mirarlo nuevamente. Aunque estoy rendido de cansancio, el sueño demora en adueñarse de mí, de manera que prosigo con mis notas, pero tengo que terminar por ahora de hacerlo. No es demasiado factible que sufra molestias por parte de esos malditos lugareños, estando en este sitio.

Lo que menos me agrada es la presencia del cadáver. Por suerte, mi máscara de oxígeno me ahorra los efectos de su putrefacción. Empleo los cubitos de clorato con gran tino; en este instante consumiré un par de comprimidos alimenticios e intentaré dormirme. Después, seguiré.

Después: VI, 13, durante la tarde.

Hubo más problemas de los que había previsto. Todavía

me encuentro en la estructura y deberé trabajar veloz y minuciosamente si lo que deseo es poder dormir esta noche sobre terreno seco. Pasó mucho hasta que logré dormir y no desperté hasta casi la llegada del mediodía. Según se presentaban las circunstancias, hubiese reposado más, de no ser por el fulgor solar que llegaba atravesando la neblina. La visión del cadáver era algo asqueroso, tan cubierto como estaba de sificlighs, rodeado por un enjambre de moscas farnoth. De alguna forma se había separado el casco que cubría su semblante y lo mejor era apartar los ojos de aquello que había quedado así expuesto. Me sentía satisfecho por partida doble con mi máscara de oxígeno, mientras sopesaba cuál era mi situación. Finalmente me erguí y sacudí el cieno que me manchaba; luego ingerí un par de comprimidos alimenticios y coloqué un nuevo cubito de clorato de potasio en el depósito de la máscara. Estoy usando estos insumos con cuidado extremo, aunque me agradaría mucho más disponer de una mayor provisión de ellos. Me siento notablemente mejor tras haber reposado y aguardo poder abandonar la estructura enseguida.

Revisando mis anotaciones y los dibujos que hice, me impresionaron lo complejo de este sitio y la posibilidad de haber cometido un yerro fundamental. De la media docena de aberturas presentes en el área central, había optado por una en particular suponiéndola aquella por la que había ingresado, empleando como guía la línea de visión. Cuando precisamente me encontraba dentro de la abertura, el cuerpo, ubicado a medio centenar de metros de distancia, estaba justamente en línea con un árbol determinado del bosque distante. Entonces se me ocurrió que ese dato bien podía no ser tan de fiarse, dado que la distancia del cadáver hacía que la diferencia de dirección —en relación al horizonte— fuera relativamente escasa, si lo observaba desde las aberturas inmediatamente contiguas a aquella que yo había elegido. Asimismo, el árbol no se diferenciaba en tanta medida como hubiera sido deseable de los otros del horizonte.

Realizando una comprobación confirmé, para mi mayor desazón, que no podía estar seguro de cuál de las tres aberturas era la correcta; mas en aquella oportunidad sí que lo estaría. Comprendí que pese a que suponía antes que no podía señalar mi sendero, existía un medio de hacerlo: si bien no podía sacarme el traje de cuero, gracias a mi abundante cabello podía aligerarme del casco, que era lo suficientemente grande y liviano como para seguir siendo visible depositado sobre el cieno semilíquido. Por ende me despojé de él, que era decididamente hemisférico, y lo dejé a la entrada de uno de los pasillos, el ubicado más a la derecha de los tres en los que debía ensayar mi estrategia. Yo iba a avanzar por ese pasadizo en la creencia de que era ese el adecuado, y repetiría los que suponía eran los giros en los recodos correctos, al tiempo que iría consultando mis notas y diagramas a cada paso. En caso de que no alcanzara a escapar, eliminaría una tras otras las variaciones factibles. En caso de que ellas fracasaran, me aplicaría a incursionar en las avenidas que se abriesen a partir de la siguiente abertura, haciéndolo de la misma manera. Tarde o temprano iba a dar con el camino adecuado para mi escape de la estructura, aunque era imperativo que me mostrara muy paciente.

Hasta en el caso peor, era cosa prácticamente improbable que no alcanzara el exterior a tiempo como para dormir en terreno seco. Los resultados inmediatos fueron muy desalentadores, pero contribuyeron a eliminar la abertura de la derecha en menos de una hora. Solamente una secuencia de callejones sin salida, que culminaban a mayor distancia del cadáver, parecían emerger de esa abertura. Rápidamente entendí que ésta no había formado parte de mis peripecias de la tarde pasada. Empero, tal como antes, invariablemente me fue cosa bastante fácil tantear mi rumbo de retorno a la cámara central.

A eso de las trece horas pasé el casco a la siguiente abertura y principié a explorar los corredores que se abrían tras ella. Al comienzo creí reconocer las vueltas que daba, mas pronto me encontré en una serie de pasillos absolutamente ignotos. No podía aproximarme al cadáver, y en esta ocasión también parecía tener truncado el rumbo a la cámara central, aunque creía haber anotado cada movimiento que había efectuado. Tenían que haber vueltas engañosas, intersecciones excesivamente sutiles como para que lograra plasmarlas en mis groseros esquemas. Comencé a sentir algo que a medias era enojo y a medias desazón. Pese a que, por supuesto, siendo muy paciente en definitiva iba a poder escapar de la estructura invisible, comprendí que mi empresa debía ser obligadamente cuidadosa, infatigable y muy amplia.

A las catorce horas yo seguía vagando por raros pasadizos, continuamente tanteando mi rumbo y observando alternadamente mi casco y el cuerpo, al tiempo que registraba los datos que iba obteniendo en mis notas... pero mi confianza iba mermando paso a paso.

Maldije la imbecilidad y la curiosidad que me habían conducido a ese lío de murallas invisibles, y cavilé acerca de que si no me hubiese preocupado de esa cosa y hubiese retornado a Terra Nova apenas me había apoderado del cristal, en aquellos mismos momentos me hallaría sano y salvo en la base. Súbitamente pensé que tal vez pudiese abrir un túnel por debajo de aquellos muros invisibles empleando mi machete... De tal modo podría salir fuera o pasar a algún corredor que me condujese hasta allí. No tenía cómo saber cuál era la hondura de los cimientos de la estructura, pero que hubiese cieno por todas partes era algo que hablaba a favor de la falta de cualquier otro tipo de suelo. Ubicándome de frente al distante y a cada hora más horripilante cadáver, me entregué a excavar empleando esa ancha y filosa arma.

Se presentaba una capa de unos quince centímetros de fango y luego la densidad del medio se tornaba mucho mayor: el terreno se volvía de otro color, una arcilla grisácea, muy semejante a la que se encontraba en las inmediaciones del polo norte venusino. Según seguía cavando, confirmaba que el terreno se tornaba más resistente a medida que me aproximaba a la muralla invisible. El cieno casi líquido entraba en el hueco que yo abría prácticamente apenas retiraba el material, pero de todas formas yo metía mis manos en él y continuaba con mi labor. En caso de que lograse abrirme camino bajo la muralla, el fango no iba a ser obstáculo para ingresar en mi excavación.

De todas maneras, a menos de un metro de profundidad la resistencia del terreno frenó en mucho mi trabajo. Su resistencia era mayor que cualquier otra con la que me hubiera topado anteriormente. Ello, inclusive en lo que respecta a Venus. Asimismo, el peso no era normal: mi machete debía fracturar y seccionar la cerrada arcilla y los pedazos que yo extraía semejaban ser roca sólida o fragmentos metálicos. En definitiva, incluso ese método de excavación se tornó imposible y me vi obligado a cesar en mi empeño, sin haber llegado siquiera a la porción inferior del muro.

Mis esfuerzos, prolongados durante más de una hora, habían resultado infructuosos y perjudiciales: había malgastado energía y ello me forzó a ingerir otra tableta alimenticia y adicionar otro pequeño cubo a la máscara de oxígeno. Asimismo, me forzó aquello a terminar con mis incursiones, pues finalicé demasiado cansado —incluso lo estoy en estos momentos— como para desplazarme. Después de limpiarme el fango que me cubría manos y brazos como mejor pude hacerlo, me senté y comencé a redactar estos apuntes, apoyado contra la pared que no podía ver, de espaldas al cadáver. Esos despojos son ahora apenas una densa masa de alimañas y su hedor principió a atraer a los pegajosos akmans de la selva distante. No me pasa inadvertido que las plantas efjeh ya están alargando sus tentáculos necrófagos hacia la carroña, aunque tengo dudas de que alguna de estas extensiones sea lo suficientemente larga como para aferrarse a ella. Preferiría que ciertas bestias, genuinamente carnívoras, como los skorah, se dejasen ver; probablemente las atraería mi olor e ingresarían en la estructura siguiéndolo. Son bestias que poseen un raro sentido de la orientación y yo podría observarlas mientras se aproximan, al tiempo que iría tomando nota de su derrotero, para el caso de que no se moviesen en línea continua. ¡Qué gran ayuda sería eso para mí! Apenas los tuviese a tiro, daría cuenta de esos animales con mi pistola.

Mas ciertamente no puedo aguardar a que suceda eso. Terminadas mis anotaciones, voy a descansar algo más y después haré nuevos tanteos. Apenas retorne al área central —cosa que tendría que ser fácil de ejecutar— intentaré abordar la abertura izquierda y, en definitiva, todavía es posible que pueda abandonar la estructura previamente a la caída de la noche...

VI, 13, esa noche

Nuevos inconvenientes: huir es asunto arduamente complicado, porque intervienen factores que yo ni sospechaba. Otra noche sobre el cieno y una contienda ante mí mañana. Descansé muy poco y me erguí y anduve tanteando nuevamente, desde las cuatro. Un cuarto de hora más tarde arribé al área del centro y cambié de lugar mi casco, para así señalar la postrera de las tres aberturas. A partir de esta supuse que el rumbo me resultaba más conocido, mas transcurridos apenas cinco minutos me detuve al ver algo que me inquietó más de lo que puedo relatar: cuatro o cinco de esos infames lagartos humanoides emergían de entre los árboles, a lo lejos, en la planicie. A tanta distancia no podía verlos nítidamente, mas creí apreciar que hacían una pausa y tornaban a la arboleda para hacer gestos y atraer a una docena más de los suyos. Esa banda así aumentada principió luego a dirigirse hacia la estructura y, mientras tanto, los fui examinando minuciosamente. Jamás había contemplado tan de cerca a esas criaturas, salvo entre las nubladas penumbras selváticas. Era evidente su semejanza con los reptiles, aunque estaba yo al tanto de que ello constituía una mera apariencia, pues los seres en cuestión no tienen relación con la fauna terrestre. Cuando estuvieron más próximos me resultaron menos semejantes todavía a los reptiles; solamente sus cráneos aplanados y su verdosa y pegajosa dermis, como la de los batracios, sugería ese parecido. Se movían erectos sobre sus raras y gruesas extremidades, mientras que sus discos succionantes generaban un llamativo ruido sobre el fango. Eran especímenes comunes, de aproximadamente dos metros y diez centímetros de altura, provisto de cuatro extensos y finos tentáculos sobre el pecho. El movimiento de tales extensiones –en caso de que lo teorizado por Fogg, Ekberg y Janat sea acertado, y cuando antes yo dudaba sobre ello ahora me hallo mucho más predispuesto a aceptarlo– señalaba que esas criaturas estaban comunicándose muy activamente.

Extraje mi arma lanzallamas y me apresté para una feroz combate. Mis chances no eran muchas, aunque la pistola me proporcionaba determinada ventaja. Si esos engendros tenían conocimiento de la estructura, iban a ingresar en ella detrás de mí y, de tal manera, tal como hubiese sucedido si vinieran por mí los skorahs, obtendría la clave acerca de cómo salir de allí. Que iba a ser atacado por los reptiloides me parecía asunto seguro, porque si bien no podían ver que llevaba un cristal conmigo, sí iban a intuirlo merced a sus sentidos especiales.

Empero y para mi mayúsculo estupor, no me agredieron y en cambio se dispersaron y conformaron un vasto círculo en torno de mí; a tal distancia que ello me informó de que se estaban apoyando contra la muralla invisible. Erguidos y formando una ronda, las criaturas aquellas permanecieron observándome en silencio e interrogativamente, estremeciendo sus tentáculos y, en ocasiones, gesticulando con sus cráneos y extremidades superiores.

Pasado un rato otros especímenes abandonaron la arboleda distante y se adelantaron para reunirse con la muchedumbre de curiosos. Aquellos que estaban más cerca del cadáver lo miraron rápidamente, mas sin intentar tocarlo. Era un espectáculo espantoso, pero para los monstruos reptiloides carecía de mayor importancia. Cada tanto alguno de ellos espantaba con un movimiento de sus extremidades o tentáculos las moscas farnoth, aplastaba un reptante sificligh o un akman, o bien alejaba una hierba efjeh empleando los discos de succión de sus patas traseras.

Devolviendo la mirada de esos grotescos e inesperados intrusos, y preguntándome con total desazón por qué causa no me atacaban de inmediato, perdí momentáneamente cualquier tipo de deseo e inclusive la energía física precisa para continuar buscando alguna salida. En vez de ello, me apoyé contra la muralla invisible del corredor en que me hallaba, permitiendo que mi estupor se transformara paulatinamente en una serie de disparatadas suposiciones. La centena de enigmas que antes había agitado mi ánimo tomaba, al parecer, un novedoso sentido, asimismo amenazador, lo que me llevó a temblar de pánico, presa de una sensación inaudita para mí.

Suponía conocer la razón por la que esas repulsivas criaturas se apiñaban esperando en torno de mí, así como estimaba haber alcanzado a develar cuál era el sentido de esa estructura invisible. El tentador cristal y el sujeto, entonces muerto, que previamente había dado con él... la suma de esos hechos tomaron un significado lúgubre y aterrador en ese instante.

Aquello que me había llevado a extraviarme en ese sitio no había consistido en una mera instancia de mala suerte, de ninguna manera había sido así. Indudablemente, esa estructura había sido construida adrede, como un laberinto, por esas criaturas demoníacas cuyas capacidades había subvalorado antes. Sin embargo, ¿no tendría que haberlo intuido previamente, estando al tanto de sus habilidades arquitectónicas tan especiales? El objetivo era notorio: se trataba de una trampa preparada para capturar hombres, una que empleaba los cristales como carnada. Esos monstruos reptiloides, en su contienda contra los ladrones de cristales, habían decidido emplear la estrategia, y estaban utilizando nuestra codicia contra nosotros mismos. Dwight –si aquella carroña había sido Dwight– había terminado por ser víctima del laberinto, quedando aprisionado desde hacía tiempo y si lograr escapar de la estructura.

La carencia de agua lo había empujado a la demencia y probablemente había terminado por no tener más cubitos de clorato de potasio. Tal vez no había perdido la máscara de oxígeno por mero accidente; resultaba en mucha mayor medida factible que se sirviese de ella para cometer suicidio. Antes que arrostrar una muerte lenta, Dwight había terminado con todas sus penurias arrancándose adrede la máscara y permitiendo que el aire mortífero de Venus acabara con él rápidamente. La espantosa ironía de su sino estribaba en su ubicación, apenas a una corta distancia de la abertura salvadora que no había logrado encontrar. Solo un poco más de investigación del entorno y se hubiese puesto Dwight a salvo. Y en ese instante, yo estaba en iguales circunstancias: prisionero y con esa multitud de monstruos curiosos burlándose de mí. Aquello era demencial y cuando me hice idea de mi cabal situación un súbito ramalazo de horror me asaltó, impulsándome a correr sin tino por los pasadizos invisibles. Durante minutos me convertí en un loco desatado y fui tropezando, cayendo, lastimándome contra los muros que no podía anticipar, hasta que finalmente me derrumbé en el cieno como si fuese un fardo de carne temblorosa, sangrante y dolorosa, carente de toda forma de conciencia.

Un efecto de aquella caída fue el de serenarme en cierta medida, de manera que cuando paulatinamente logré incorporarme, alcancé a poner atención y razonar. Aquel grupo de monstruosos espectadores agitaba de manera muy rara y regular sus tentáculos, lo que me hacía pensar que estaban mofándose de mí, de manera que los amenacé con el puño en cuanto pude ponerme sobre mis pies. Aquello pareció aumentar todavía más su entretenimiento y varios de los monstruos imitaron grotescamente mi gesto con sus verdosas patas superiores.

En cierta forma abochornado, intenté considerar racionalmente cuál era mi situación y concluí que, en definitiva, no era tan desastrosa como la de Dwight, porque a diferencia de él yo estaba al tanto de cuáles eran mis circunstancias y ya se sabe eso: prevenido, un sujeto vale el doble. Estaba comprobado que era factible llegar hasta el punto de salida y yo no iba a copiar su dramático final. El cuerpo, o la osamenta, pues en una muy pronto iba a terminar de convertirse, seguía siéndome de la mayor utilidad como señalador para ubicar la abertura; una decidida paciencia iba a conducirme hacia el punto de salvación si yo me esforzaba lo necesario y lo hacía inteligentemente. Empero, debía tener en cuenta la desventaja de encontrarme rodeado por aquellos hombres lagarto; habiendo comprendido cuál era la índole de aquella trampa, cuya materia invisible señalaba un avance superior a cualquiera conocido a escala terrestre, ya no era posible menospreciar las capacidades de las criaturas reptiloides. Incluso contando con mi arma lanzallamas iba a pasarla pésimo si intentaba alejarme de aquel sitio, pese a que, bien pensado, la temeridad y la velocidad sin duda me iban a ser de la mayor utilidad para hurtarle el cuerpo a esa instancia tan apretada en la que me hallaba.

Mas en primer término yo debía llegar a salir de allí; a no ser que lograra atraer o provocar a uno de esos engendros, forzándolo a que viniese hacia mí. Al tiempo que cebaba mi arma por si debía usarla enseguida y confirmaba que disponía de un considerable parque de municiones, pensé que bien podía comprobar qué efecto hacía mi pistola en las murallas invisibles. Ciertamente, ¿había ignorado la posibilidad de emplear aquello como medio de huida...? No tenía la menor idea acerca de la composición química de la muralla traslúcida. Quizá fuera algún tipo de material que una llama pudiera destruir sin problemas. Opté por una porción que daba hacia el cadáver y descargué cuidadosamente la pistola a boca de jarro, parar tantear el sitio de la descarga después, aprovechando mi cuchillo. La superficie no había experimentado el más mínimo cambio. Yo había apreciado que la lengua ígnea se extendía al tomar contacto con la superficie trasparente, y comprendía que mi esperanza había sido algo por completo efímero, que exclusivamente un prolongada y aburrida pesquisa detrás de una vía de escape me iba a conducir al exterior.

De manera que, ingiriendo otro comprimido alimenticio y renovando con otro cubo de potasio las disponibilidades de mi máscara, retomé mi prolongada búsqueda, tornando sobre mis propios pasos rumbo al área central para probar de nuevo mi intentona. Sin pausa revisaba mis anotaciones y esquemas, a los que sumaba otros, errando repetidamente en las vueltas mas siguiendo adelante exasperadamente, hasta que la luz vespertina se volvió muy poca.

Al tiempo que persistía en mi búsqueda de una salida viable, cada tanto observaba el silente círculo de los monstruos que se mofaban de mí, percibiendo entonces una paulatina modificación: de vez en vez algunos individuos retornaban a la arboleda, pero enseguida otros ocupaban su sitio. Más cavilaba respecto de sus estrategias y menos que agradaban, porque me brindaban alguna pista respecto de las razones que podían tener esos seres para implementarlas. En cualquier instante esos demonios hubiesen podido efectuar un avance y trabarse en combate conmigo, mas al parecer se inclinaban por espiar mis intentos de escape. No podía menos que sopesar la probabilidad de que estuviesen muy entretenidos con mi show y ello me llevó a tener mayor miedo de caer en su poder.

Cuando comenzó a decrecer la luz abandoné mis intentos y me senté en el fango para reposar un poco. En este momento escribo todo esto gracias a la iluminación de mi lámpara; voy a probar de dormir algo, siquiera. Espero lograr mañana escapar de aquí, pues mis reservas de agua están acabándose y las tabletas de lacol reemplazan mal ese preciado líquido. No me animo a ingerir la porción líquida del fango, porque el agua de los cenagales de este mundo solamente se vuelve potable por destilación; por esa razón instalamos extensos acueductos hasta las áreas de arcilla amarillenta y dependemos del agua pluvial mientras estas bestias estropean nuestra infraestructura. Asimismo, ya tengo pocos cubos de clorato de potasio y necesito reducir mi consumo de oxígeno lo más que sea posible.

Mi intentona de hacer un túnel al comienzo de la tarde y mi demencial carrera posterior se llevaron consigo una riesgosa reserva de oxígeno... Mañana me veré obligado a reducir mis esfuerzos al mínimo hasta que deba enfrentar a los reptiloides; preciso una adecuada disponibilidad de cubos de clorato para volver a Terra Nova. El enemigo continúa ocupando sus posiciones y puedo ver el círculo de sus escasamente luminosas teas fosforesciendo en torno de mí. Luces que generan en mí un terror que me impide dormir...

VI, 14, a la noche

¡Otra jornada completamente consagrada a la búsqueda y todavía no di con una salida! Comienza a preocuparme la carencia de agua: terminé mi reserva llegado el mediodía. Por la tarde hubo precipitaciones y retorné a la cámara central por el casco que había dejado a guisa de señal, para emplearlo como recipiente y conseguir algo de agua. Me bebí la mayor parte de la que así conseguí, mas guardé lo restante en la cantimplora. Las tabletas de lacol sirven en muy poca medida contra la sed, y espero que torne a llover en la noche. Dejé el casco boca arriba para que recoja el agua cuando esta caiga. También mermaron mis comprimidos alimenticios, aunque ese asunto todavía no es de temer. De todas maneras, a partir de ahora reduciré mis raciones a la mitad. Mi genuina preocupación está dada por la reducción de mis reservas de clorato de potasio: inclusive evitando los ejercicios extremos, andar todo el día por la estructura reduce mis disponibilidades hasta un riesgoso extremo. Estoy debilitado por la obligada reducción del oxígeno y la sed, que se acrecienta hora tras hora. Al reducir las raciones de alimento me imagino que estaré aún más débil...

Existe algo maldito y raro en este dédalo que me rodea: podría aseverar que había dejado de lado algunas vueltas en mis esquemas, mas a cada renovado intento me encuentro con lo opuesto... Jamás, con anterioridad, había comprendido cuán perdidos estamos al carecer de datos visuales.

Un no vidente tal vez concretaría aquello mejor que yo, mas para la mayor proporción de nosotros la visión es el sentido más importante del que disponemos. Esos infructuosos trayectos me causaban un hondo desánimo y ya puedo entender cómo se sentía el infeliz Dwight. Su cadáver ya es apenas una osamenta: no se ven más los sificlighs y moscas farnoth, mientras las plantas efjen destrozan el uniforme de cuero, porque son más largas y crecen más velozmente de lo que yo suponía. Todo este tiempo los renovados curiosos siguen agitando sus tentáculos en torno de la barrera, mofándose de mí y gozando con mi miseria. Una jornada más y perderé por completo la razón; ello, en caso de que no me caiga muerto de mero agotamiento. Sin embargo no tengo otra alternativa que seguir en mis trece: Dwight habría logrado escapar si hubiese continuado andando un poco más. También es factible que alguno, en Terra Nova, salga en mi busca antes de que se prolongue más mi ausencia, pese a que apenas llevo tres días fuera de la base.

Me duele tremendamente todo el cuerpo y al parecer no logro reposar adecuadamente sobre este fango inmundo. La noche que pasó, no obstante mi abrumador cansancio, dormí muy inquieto y supongo que esta noche no me irá mejor. Mi existencia es una pesadilla sin pausa y así paso del sueño al estado de vigilia, sin estar del todo dormido ni del todo despierto. Mis manos se estremecen, ya no puedo seguir escribiendo. El círculo de débiles teas es algo horroroso...

VI, 15, última hora de la tarde

¡Hago grandes adelantos! Mis asuntos se presentan aus-
piciosos. Estoy extenuado y apenas pude dormir algo antes
de la salida del sol. En consecuencia dormité hasta llegado
el mediodía, pese que no pude descansar totalmente. No
llovió de nuevo, la sed me debilita extremadamente. Ingerí
una tableta alimenticia más a fin de seguir moviéndome,
pero la falta de agua no lo hizo beneficioso. Intenté beber
un poco de agua cenagosa, pero ello me originó vómitos
violentos y terminé más sediento que antes; necesito conservar los cubos de clorato de potasio, porque casi me estoy
asfixiando por la carencia de oxígeno. No logro caminar
la mayor parte de tiempo, mas consigo arrastrarme por el
cieno. Aproximadamente a las catorce horas creí reconocer
algunos pasadizos, y me acerqué a la osamenta más de lo que
había logrado hacerlo el primer día. En una oportunidad
llegué a un camino sin salida, pero volví al derrotero principal con el auxilio de mi esquema y mis notas. El problema
de hacer más anotaciones es que hay ya un exceso de ellas.
Deben abarcar ya un metro del papel especial que poseo, y
debo consagrar mucho tiempo al intento de interpretarlas.
No puedo mantener la concentración por culpa de la sed, el
sofoco y la fatiga; tampoco puedo entender acabadamente
lo que escribí.

Los horrorosos seres verdosos continúan vigilándome y
burlándose de mí con sus tentáculos; en ocasiones gesticulan
de tal modo que me parece que se están contando un terrorí-
fico chiste que me resulta incomprensible. Como a las quince horas di con una buena señal: existía cierto pasaje que, de
acuerdo con mis notas, no había atravesado con anterioridad
y al hacerlo comprobé que era factible arrastrarme dando un
rodeo hacia la osamenta recubierta de plantas. Ese sendero
era una suerte de voluta, parecida a esa que me había llevado
antes al área central de la estructura. Si arribaba a una abertura lateral o daba con una intersección, seguía el rumbo
que en mayor medida parecía repetir el trayecto primigenio.

Mientras me acercaba, recorriendo círculos, más y más a mi inmundo punto de referencia, los curiosos del exterior acrecentaban sus herméticos gestos y sus mofas silentes. Con toda evidencia advertían alguna cosa morbosamente entretenida en mis esfuerzos... comprendiendo, seguramente, qué indefenso voy a encontrarme cuando los tenga que enfrentar. Permití que se burlaran, porque pese a que comprendía cuánta era mi debilidad, siempre podía contar con mi lanzallamas y sus nutridos cargadores de reserva para abrirme paso entre la inmunda cohorte de reptiloides.

Crecieron mis esperanzas, pero así y todo no probé de erguirme: era lo mejor seguir arrastrándome y conservar las energías para el próximo afronte con los lagartos humanoides. Avanzaba despacio y el riesgo de extraviarme en alguna sección sin salida era muy crecido, mas, de todas maneras, al parecer seguía una curva que definitivamente me conducía hasta mi horroroso punto de salida. Aquella posibilidad parecía darme nuevas ínfulas y por un rato dejaron de obsesionarme los padecimientos, la sed y mi falta de cubos de clorato... Aquellos seres monstruosos se estaban concentrando en torno de la entrada, gesticulando, brincando y burlándose con sus tentáculos. Enseguida, concluí, iba a tener que hacerle frente a esas bestias, que tal vez serían reforzadas por nuevos contingentes surgidos de la arboleda.

Me quedan apenas unos pocos metros para llegar hasta la osamenta y me detengo para redactar esto previamente a mi salida y a darle pelea a los reptiloides. Tengo fe en que con mis postreras fuerzas lograré ahuyentarlos aunque sean tantos, porque el alcance de mi arma es impresionante; luego descansaré sobre el musgo reseco que tapiza el borde de la meseta y cuando llegue la mañana voy a recorrer la selva rumbo a Terra Nova. ¡La dentadura del cráneo fulgura de un modo espantoso!

VI, 15, prácticamente de noche
¡Qué espanto, volví a cometer un error! Después de

redactar mis notas me acerqué más al esqueleto, para chocar contra un barrera invisible. Otra vez fui embaucado por la estructura y en apariencia me encontré en una situación similar a la de tres días antes, cuando mi infructuosa intentona de abandonar el laberinto. Ignoro qué hice, si aullé o permanecí callado; tal vez estaba excesivamente agotado como para emitir el más mínimo sonido. Meramente permanecí abatido sobre el cieno largamente, al tiempo que los monstruos verdosos brincaban, celebraban y me dirigían sus horribles gestos. Pasado un rato pude recuperar mi conciencia, para comprobar horrorizado que la sed, el cansancio y el sofoco estaban velozmente liquidándome. Como pude inserté otro cubo de clorato, así, sin detenerme a pensar en ello ni sopesando que lo necesitaba para volver a Terra Nova.

Me despabiló el incremento de oxígeno en cierta medida y así pude concentrarme mejor en lo que sucedía en las inmediaciones. Semejaba aquello que me hallara algo más alejado del infeliz Dwight que antes, cuando mi inicial desilusión, y me pregunté, muy adormilado, si me hallaba en otro pasadizo más distante. Con esa pequeña esperanza fue que me arrastré trabajosamente en mi avance, mas hechos unos metros en esa dirección di con otra muralla y comprendí que allí se terminaba todo. Tres jornadas no me habían conducido a ningún sitio y ya mis energías se habían prácticamente desvanecido. En poco rato voy a perder la cabeza por la sed y ya no poseo suficientes cubos como para mi retorno. Me pregunté, muy debilitado, por qué razón esos monstruos se habían apiñado así a la entrada, intentando mofarse de mi situación. Seguramente era otro componente de la trampa tendida, aquello de llevarme a suponer que me iba acercando a una vía de escape, cuando sabían muy bien que esta no existía.

Lo sé: no voy a durar mucho más, pero estoy determinado a no anticipar mi final, como el desgraciado Dwight. Su sonriente calavera se halla vuelta hacia mí, tras los tiras y aflojas de las plantas efjeh, que siguen ocupadas devorando su atuendo de cuero. La espectral mirada de sus cuencas vaciadas es todavía más atroz que el horror de esos seres semejantes a reptiles, dándole un siniestro sentido a su sonrisa macabra. Estas anotaciones ojalá lleguen a manos de quienes vengan tras mis pasos y les sirvan como apercibimiento. Enseguida voy a terminar de redactarlas y cuando así lo haga, me voy a entregar a un largo reposo. Cuando esté demasiado oscuro y esas bestias no puedan verme, usaré mis últimas fuerzas para arrojar mi anotador por encima de la pared y el pasadizo que me separa de ella, hacia la planicie que está fuera de la estructura. Me cuidaré con mucho tino de dirigir mi lanzamiento hacia el flanco izquierdo, para que no caiga entre esos curiosos y burlones engendros. Tal vez se lo trague para siempre el fango, mas también es posible que aterrice mi envío sobre un arbusto y después llegue a manos de algún ser humano.

En caso de que finalmente sean leídas mis notas, aguardo a que contribuyan a algo más que meramente poner sobre aviso a otros de mi especie acerca de esta trampa... También espero que sea algo útil para aleccionar a los humanos respecto de dejar esos fulgurantes cristales allí donde se encuentran. Son propiedad de Venus; nuestro mundo ciertamente no precisa de ellos y estoy persuadido de que infringimos alguna suerte de norma tenebrosa y enigmática, hondamente escondida en lo más hermético del universo, al intentar apoderarnos de ellos. ¿Quién sabe qué oscuras, poderosas y vastas energías impulsan a estos reptiloides que custodian sus tesoros de un modo tan singular?

Dwight y yo habremos pagado el precio de nuestro error, como tantos otros lo pagaron antes y otros más lo harán posteriormente... aunque tal vez esas escasas muertes sean apenas el prólogo de unos horrores todavía mayores que tendrán lugar en el porvenir. Dejemos a Venus con lo que le pertenece: ya mi muerte está cercana y lamento mi incapacidad posible, la de no poder arrojar el anotador fuera, cuando llegue la oscuridad de la noche. Si no logro concretarlo, estimo que los lagartos humanoides se van a adueñar de él, porque cabe la probabilidad de que hayan comprendido de qué se trata. No van a desear que alguno esté al tanto del laberinto y van a pasar por alto que mi escrito consiste en una rogativa favorable a ellos. Según se acerca mi final me siento más y más inclinado de su lado... ¿Quién puede afirmar, según las proporciones del universo, que linaje es el más elevado, cuál se acerca en mayor medida a la ley orgánica espacial... ellos o nosotros?

Termino recién de extraer el enorme cristal de mi bolsa, pues quiero admirarlo postreramente. Refulge feroz y amenazante, bajo los rojos rayos del ocaso. La multitud así lo comprendió y sus gesticulaciones se transformaron de un modo para mí absolutamente incomprensible. Mi pregunta es: ¿por qué causa seguirán apiñados en torno de la abertura, en vez de hacerlo en un área más próxima a la muralla traslúcida? Mi conciencia se debilita, ya no logro escribir... Todo gira alrededor de mí, mas de todos modos aún no me desmayo. ¿Es que voy a alcanzar a lanzar el anotador por encima del muro? El cristal brilla fuertemente, aunque la oscuridad no hace más que intensificarse... oscuridad... extremadamente debilitado... Ellos continúan riendo y brincando en torno de la abertura... ya encendieron sus demoníacas teas fosforescentes... Es que... ¿se van? Creí escuchar algo... un luz en el firmamento...

Un informe de Westley P. Miller, director del grupo, dirigido a la Compañía Cristal de Venus (Terra Nova, en Venus, VI, 16)

Uno de nuestros empleados A-49, Kenton J. Stanfield, residente en 5317 Marshall Street, Richmond, Virginia, partió de Terra Nova a primeras horas del VI, 12, para realizar un breve trayecto bajo la guía de un detector. Tenía que estar de regreso el trece o catorce; al no aparecer en el curso de la tarde del quince, la aeronave de observación FR-58 — con cinco tripulantes y bajo mi mando— dejó la base a las 20 horas con la misión de seguir su derrotero mediante el detector. La aguja no marcaba ningún cambio en referencia a las lecturas anteriores. Seguimos la indicación de la aguja hasta llegar a la Meseta Eryciniana, conservando todo el tiempo funcionando nuestros poderosos sistemas lumínicos. Nuestros lanzallamas de potencia triple y los cilindros de radiación D hubiesen podido eliminar cualquier oposición corriente de los lugareños o a una rebaño de skorahs carnívoros. Cuando nos encontramos en la planicie de Eriyx observamos un grupo de luces en movimiento que, supimos, consistían en antorchas fosforescentes de los locales. Al acercarnos los lugareños se dieron a la fuga, ganando la arboleda. Seguramente era aquella una horda de entre setenta y cinco a un centenar de especímenes. El detector marcaba la presencia de un cristal en el punto del que venían. Planeando a baja altitud sobre el área en cuestión, descubrimos objetos en el suelo. Un esqueleto cubierto de plantas efjeh, y un cuerpo a unos tres metros de este. Cuando la aeronave descendió cerca de los cuerpos, se produjo el choque de una de las alas contra algo imposible de ver.

Al aproximarnos a los cuerpos caminando, nos dimos de bruces contra una alisada muralla invisible y el hecho nos causó gran estupor. Al tantear en las cercanías de la osamenta dimos con una entrada y más allá de ella existía un área con otra abertura que permitía llegar hasta los restos óseos. Estos, aunque habían perdido su atuendo por la acción de las plantas, tenían a su lado uno de los cascos numerados propiedad de la compañía. Se trataba del agente B-9, llamado Frederick N. Dwight, perteneciente al grupo Koenig, quien había partido dos meses antes de Terra Nova emprendiendo un extenso periplo. Entre sus restos y el cadáver todavía intocado se hallaba otra muralla, mas logramos identificar con toda facilidad al segundo sujeto como Stanfield. Aferraba un anotador en su mano izquierda y una pluma en la mano derecha: al parecer estaba ocupado escribiendo algún texto cuando falleció.

Inicialmente no vimos cristal alguno, mas el detector señalaba la presencia de un inmenso espécimen próximo al cuerpo de Stanfield. Debimos afrontar arduos trabajos para aproximarnos a él, mas al fin y al cabo logramos ese objetivo. Comprobamos que el cadáver todavía no se había enfriado y a su vera dimos con un cristal de grandes dimensiones, semisumergido en el cieno de escasa profundidad. Enseguida revisamos el anotador y nos aprontamos a llevar adelante determinadas acciones, de acuerdo con lo registrado en esas anotaciones. Las notas conforman una extenso relato que antecede al presente reporte; hemos confirmado los sentidos fundamentales de esa narración y adjuntamos ese texto a modo de explicación de cuanto encontramos. Las porciones finales del texto demuestran cuán deteriorada estaba la mente de su autor, mas no existe causa alguna para poner en tela de juicio su contenido general. Comprobadamente Stanfield murió a causa de la sed, la sofocación, una falla cardíaca y la depresión nerviosa. Tenía la máscara reglamentaria en su sitio y el dispositivo surtía regularmente oxígeno, pese a la merma de los cubos de clorato.

Tomando en cuenta la avería de la aeronave, mandamos un mensaje radial solicitando la comparecencia de Anderson en el avión de reparaciones PG-7, un equipo de demolición y suministros para esa tarea. Llegada la mañana siguiente el FH-58 había sido reparado y retornó, comandado por Anderson y transportando ambos cuerpos y el cristal. Daremos sepultura a Dwight y Stanfield en el cementerio de la compañía, y enviaremos el cristal a Chicago con la próxima aeronave que parta hacia la Tierra. Posteriormente seguiremos lo sugerido por Stanfield, en la porción más razonable de su relato, cuando todavía estaba en sus cabales. Con el apoyo de suficientes efectivos vamos a terminar con todos los lugareños. Ya liberado el terreno, no habrá obstáculos para recolectar cuantos cristales se encuentren en él. Durante la tarde examinamos minuciosamente la estructura o trampa invisible, con la ayuda de largas sogas como guía, y trazamos su completa cartografía para nuestros archivos. Impresiona marcadamente su diseño, y extrajimos muestras del material para realizar los pertinentes análisis químicos. Estos conocimientos nos serán de la mayor utilidad cuando invadamos las urbes de la región.

Nuestras perforadoras de diamante tipo C lograron atravesar el material, y el equipo de demoliciones está en estos momentos colocando cargas explosivas en la estructura a fin de dinamitarla hasta los cimientos. No quedará nada cuando haya acabado esa tarea. Esta estructura constituye una genuina amenaza para el tráfico aéreo y demás actividades.

Si uno observa el plano del laberinto, impresiona no solamente por el irónico final de Dwight, sino que asimismo por el de Stanfield. Cuando probamos de llegar hasta el segundo cuerpo partiendo del sitio donde yacía la osamenta, no dimos con un acceso por el flanco derecho; mas el efectivo Marheim halló una abertura desde el primer espacio interior, aproximadamente a unos cuatro metros y medio allende Dwight, y a un metro y medio de Stanfield. Más allá de ella existía un extenso pasadizo que no exploramos hasta después; sin embargo, en su costado derecho había otra puerta que llevaba en línea recta hasta el cadáver. Stanfield podría haber alcanzado la abertura externa de haber avanzado entre seis y siete metros, en caso de que hubiese identificado la puerta que estaba justamente detrás de él... una abertura de la que no fue consciente, en razón de su agotamiento y lo desesperado que se hallaba.

El templo

(De un manuscrito encontrado en las costas de Yucatán.)
Yo, Karl Heinrich Graf von Altberg-Ehrenstein, siendo capitán de corbeta de la Armada Imperial alemana y ejerciendo el mando del submarino U-29, el 20 de agosto de 1917 deposito esta botella y este informe en el Océano Atlántico, en unas coordenadas que me resultan completamente desconocidas, pero que aproximadamente rondan los 20° de latitud Norte y los 35° de longitud Oeste, allí donde mi navío yace averiado en el fondo marino. Concreto lo anterior a causa de que es mi anhelo dar a conocer determinados sucesos de índole insólita, puesto que lo más seguro es que yo no sobreviva para entregar de mi mano estas novedades, porque las instancias presentes resultan ser tan fuera de lo común como hostiles, abarcando tanto la avería irreparable del U-29, como el debilitamiento de mi férrea voluntad germánica de un modo catastrófico.

En el curso de la tarde del 18 de junio, como fue comunicado radialmente al U-61, que seguía el derrotero a Kiel, atacamos con torpedos al carguero inglés Victory, que navegaba desde Nueva York hasta Liverpool, con latitud 45° 1° Norte y longitud 28° 34' Oeste, permitiendo que los tripulantes abordaran sus botes a fin de proporcionarnos una adecuada filmación destinada a los archivos del Almirantazgo. La nave se hundió de manera francamente teatral, yéndose a pique por la proa, con la popa alzada sobre la superficie marina hasta que el casco enfiló en su totalidad y perpendicularmente hacia el fondo del océano. Nuestras cámaras no dejaron de registrar ningún detalle de la acción de guerra, y me causa un gran pesar que una filmación de tan marcada excelencia no vaya a arribar a Berlín. Posteriormente hundimos a cañonazos los botes salvavidas y procedimos a sumergirnos.

Al emerger, ya llegado el crepúsculo, dimos con el cuerpo de un marinero sobre la cubierta, todavía agarrado de la manera más extraña a la baranda perimetral. El pobre diablo era un joven moreno y de buena estampa, probablemente de nacionalidad griega o bien italiana, seguramente miembro de la tripulación del Victory. Indudablemente había intentando hallar refugio en la nave que había acabado con la suya. Se trataba de otra baja en la injusta contienda de agresión que los infames perros ingleses llevan adelante contra la patria germana.

Nuestros efectivos registraron el cuerpo en busca de recuerdos, encontrando en sus bolsillos una pieza de marfil muy rara, tallada en forma de una cabeza juvenil con una corona de laureles. El otro comandante, el teniente Klenze, suponía que era la pieza en cuestión de una gran antigüedad y muy alto valor artístico, por lo que se adueñó de ella. Cómo había podido encontrarse aquel tesoro en poder de un marinero raso es una cuestión que ni entre ambos logramos imaginarnos.

Cuando arrojaron el cuerpo por la borda sucedieron dos cosas que afectaron en gran medida el ánimo de la dotación: si bien sus ojos fueron cerrados, al separarlo de la baranda repentinamente se abrieron y varios efectivos sufrieron la rara impresión de ser mirados con fijeza por el muerto, particularmente mofándose el cadáver de Schmidt y Zimmer, quienes estaban inclinados sobre él. El contramaestre Müller, un hombre ya mayor –hubiese sido lo más adecuado que no fuese un supersticioso alsaciano– en tanta medida perdió la compostura por ese efecto ilusorio que, tras vigilar el cuerpo que estaba ya en las aguas, afirma que este colocó sus brazos en posición de natación y avanzó bajo la superficie con rumbo Sur. Al teniente Klenze, en tanta medida como a mí, nos repugnan estas demostraciones propias de ignorantes rústicos campestres y le dimos un enérgico correctivo a nuestra dotación, en particular a ese Müller.

A la jornada que siguió tuvo lugar un genuino problema, originado por el estado indispuesto de algunos tripulantes de nuestro navío. Con toda evidencia sufrían de alguna variedad de tensión nerviosa generada por lo prolongado de nuestro curso oceánico; en verdad, habían padecido de pesadillas. Varios se mostraban aturdidos y confundidos. Después de confirmar que ninguno de los casos era simulado, relevé a los afectados de sus responsabilidades del día. El océano se ofrecía notablemente picado, por lo que descendimos hasta una hondura donde el oleaje no constituyera un inconveniente. A ese nivel nos encontramos en una relativa calma, pese a la acción de una enigmática corriente marina, de rumbo sur, que no estaba registrada en nuestras cartas navales. Las quejas de los afectados a bordo se tornaron singularmente molestas, mas dado que al parecer no minaban la moral de los otros tripulantes, no fue preciso adoptar decisiones drásticas. Nuestra intención era permanecer en esa posición para interceptar al buque de línea Dacia, identificado merced a la información proporcionada por nuestros agentes de Nueva York.

Llegada la primera hora de esa tarde emergimos y dimos con la mar en mayor medida calma: la humareda de un navío bélico se dejaba avizorar hacia el norte, mas la distancia que mediaba entre esa nave y nosotros, sumada a nuestra posibilidad constante de ganar las profundidades eran nuestra garantía de seguridad. Nuestra mayor preocupación eran las tonterías de aquel contramaestre Müller, las que se tornaban más descabelladas según avanzaban las horas de oscuridad. Aquel bruto estaba pasando por un estadio pueril, detestable, balbuceando continuamente acerca de fantasmagorías tales como cadáveres que flotaban allende las compuertas, muertos que no le sacaban los ojos de encima; cadáveres que, pese a la hinchazón que ofrecían, Müller había identificado merced a haberlos visto fallecer en el curso de varias de nuestras proezas germanas. El contramaestre afirmaba que el comandante de ese conjunto de cadáveres no era otro que el muchacho que habíamos encontrado y luego devuelto al océano. Aquello era absurdo, una grosería, por lo que hicimos esposar a Müller y ordenamos que le fuese proporcionada una buena dosis de latigazos. La dotación no se mostró demasiado satisfecha con ese castigo, mas la conducta disciplinada ya se sabe que es asunto principal; hasta rechazamos de plano el petitorio de un grupo acaudillado por un marinero, Zimmer, que solicitaba que la llamativa cabeza tallada en marfil fuera devuelta de inmediato a las aguas.

El 20 de junio los marineros Bohm y Schmidt, enfermos durante la jornada precedente, se mostraron como dementes enfurecidos y lamenté la ausencia en la nave de un oficial médico, pues las vidas alemanas son un asunto precioso. De todos modos el permanente delirio de ambos marineros –referían la presencia de una horrenda maldición– era lo peor para conservar la fundamental disciplina a bordo, conque hubo que adoptar una extrema decisión. Para la tripulación aquello fue asunto muy tenebroso, pero al parecer sirvió para serenar a Müller. De hecho, dejó de provocar el más mínimo inconveniente. Incluso optamos por su liberación esa misma tarde y silenciosamente retomó sus obligaciones.

Esa semana que siguió nos la pasamos todos afectados por un notable nerviosismo, mientras esperábamos el paso del Dacia. Aquel estado tan tenso se acrecentó una vez desaparecidos Müller y Zimmer, quienes indudablemente se suicidaron para librarse de los temores que padecían; empero, no hubo testigos en el momento en que se arrojaron al mar. Me alegró bastante sacarme de encima a ese tal Müller, puesto que hasta su mutismo había provocado efectos perniciosos entre los demás efectivos. En verdad, toda la dotación se mostraba enmudecida, tal como si escondiese profundos miedos... Un buen número de los tripulantes estaban enfermos, pero no tuvimos ni un solo caso de demencia. El teniente Klenze, abrumado por la tensión, se alteraba ante cualquier mínimo estímulo... como, es todo un ejemplo, un grupo de delfines que merodeaba en número creciente alrededor del U-29, o la aumentada intensidad de esa corriente sur, la que no constaba en la cartografía marina disponible. Finalmente resultó notorio que el Dacia había huido de nosotros; incidentes como este no son esporádicos y la verdad que nos dejó más agradados que desilusionados, puesto que nuestras órdenes inmediatas fueron retornar a Wilhelmshaven. En el mediodía del 28 de junio nos dirigimos al noreste y a pesar a algún encuentro relativamente humorístico con una gran cantidad de delfines, nos pusimos en movimiento.

Un estallido en la sala de máquinas, acaecidos a las 14 horas, nos tomó por completo de sorpresa. No se había evidenciado un desperfecto del instrumental o la maquinaria, ni algo atribuible a descuido humano, mas de todos modos el navío se estremeció de proa a popa merced a una explosión formidable. El teniente Klenze se dirigió a toda prisa a la sala de máquinas, viniendo a hallar que el depósito de combustible y la mayoría de la maquinaria estaban deshechos. Por otra parte, los maquinistas Raabe y Schneider habían fallecido en el acto. En un periquete nuestra situación se había convertido en crítica: aunque los regeneradores químicos se hallaban intactos, y podíamos usar los comandos tanto para emerger como sumergirnos, y abrir las escotillas en tanto y en cuanto dispusiésemos de aire comprimido y energía, éramos incapaces de generar propulsión o darle rumbo a nuestro submarino. Encontrar la salvación en los botes de emergencia implicaba entregarnos a las garras de enemigos bárbaramente resentidos contra nuestra gran nación germana; el radio fallaba a partir de que –merced a lo sucedido con el Victory– establecimos contacto con otro sumergible de la Armada Imperial.

Desde el momento del incidente hasta el 2 de julio derivamos sin pausa con rumbo sur, sin establecer ningún plan ni dar con otro buque. Los delfines seguían rodeando el U-29, algo que merece ser subrayado, si es que se toma en consideración el trayecto que llevábamos hecho. En la mañana del 2 de julio avistamos un navío bélico de bandera estadounidense, y los tripulantes se mostraron muy inclinados por entregarnos en rendición. Finalmente, el teniente Klenze se vio obligado a emplear su pistola para reducir a un marinero, de apellido Traube, quien impulsaba a realizar una acción tan poco alemana con inusual fervor. El asunto calmó momentáneamente a nuestros efectivos y fue así que, sin ser descubiertos, alcanzamos a realizar las maniobras de inmersión.

En el curso de la tarde siguiente, una vasta bandada de aves marinas apareció desde el sur y el mar comenzó a mostrarse amenazante. Cerrando las escotillas, esperamos lo que fuese a suceder, hasta que se tornó evidente que debíamos ganar profundidad o alistarnos para morir entre las gigantescas olas. La disponibilidad de energía eléctrica y presión de aire mermaba, por lo que probamos de evitar todo empleo extra de nuestras escasas disponibilidades mecánicas; mas en tales instancias no había mayor alternativa. Empero, no ganamos excesiva profundidad y cuando retornó la calma oceánica pasadas varias horas, optamos por emerger. Entonces tuvo lugar otro incidente, puesto que el navío no respondió a nuestro comando y ello, inclusive cuando los mecánicos desplegaron todos sus recursos. A medida que el terror se adueñaba de la dotación atrapada en esa jaula sumergible, algunos de sus miembros principiaron a calumniar al teniente Klenze, mas su pistola automática les devolvió la tranquilidad reglamentaria. Abrumamos de trabajo a esos infelices tanto como nos fue posible, pese a que éramos bien conscientes de lo infructuosa que resultaba la medida.

Klenze y yo dormíamos por turnos: estaba yo durmiendo, hacia las cinco de la mañana del cuatro de julio, cuando estalló un motín a bordo. La media docena de marineros que habían sobrevivido, convencidos de que nuestra perdición era cosa ineludible, se entregó a una furia incontenible, encendida por nuestra negativa a una rendición ante el buque *yankee*; así los amotinados se entregaron a una orgía delirante de insultos, rugidos bestiales y destrucción del mobiliario y el instrumental. Aullaban estupideces, referidas a la maldición venida de la imagen de marfil y el joven moreno y fallecido que nos miraba y se alejaba a nado. El teniente Klenze se veía paralizado y carente de toda capacidad para responder, típico comportamiento de un renano blando y afeminado. Así que ejecuté a la media docena de revoltosos, algo imprescindible, asegurándome que no quedase con vida ni uno solo de ellos. Luego nos desembarazamos de los cadáveres arrojándolos por las escotillas dobles, quedándonos solos en el U-29. Klenze se mostraba extremadamente nervioso y bebía en exceso, mientras que yo me hallaba determinado a seguir vivo cuanto fuese factible, usando el bien dotado depósito de vituallas y el suministro químico de oxígeno, que no habían padecido los desmanes de esos imbéciles amotinados. Las agujas, barómetros y otros instrumentos de precisión habían sido destrozados y en consecuencia cualquier tipo de cálculo debía ser simplemente estimado, sobre la base de la información suministrada por los cronómetros, los almanaques y la deriva estimada según ciertos objetos que podíamos apreciar a través de las troneras o bien desde la torreta. Por suerte teníamos baterías capaces de brindarnos un empleo prolongado, útiles tanto para la iluminación interior como para servir de focos. Repetidamente barríamos con esas luces poderosas el entorno del navío, para identificar exclusivamente a delfines que nadaban siguiéndonos paralelamente. Yo estaba científicamente interesado en dichos animales, puesto que el *Delphinus delphis* común es un incapaz de sobrevivir si carece de aire; sin embargo vigilé por unas dos horas a uno de esos delfines y comprobé que no emergía en ningún instante a renovar la provisión de sus pulmones.

Pasado un tiempo, Klenze y yo arribamos a la conclusión de que continuábamos avanzando a la deriva con rumbo al sur, a medida que nos sumergíamos más y más. Reparando en la fauna y flora marinas, leímos abundantemente sobre ello en los volúmenes que yo me había llevado conmigo para ocupar los momentos libres a bordo. No evité empero observar la escasa formación científica de mi camarada. Su intelecto no era de naturaleza prusiana y se entregaba a fantasías y especulaciones carentes de todo valor. Nuestra cercana muerte actuaba sobre su ánimo de un modo llamativo: muy seguidamente se refería con remordimiento a los hombres, las mujeres y los niños que había enviado al fondo marino, salteándose que ello era de noble sentido para un servidor del estado alemán. Finalmente principió a delirar ostentosamente, entregado por horas y más horas a la observación de aquella figurilla de marfil y dándole forma a disparatadas historias que trataban de objetos perdidos en el océano. En ocasiones, como experimento psicológico, yo lo impulsaba a delirar para poder escuchar sus citas poéticas sin final, plenas de narraciones que incluían naves hundidas. Ciertamente yo lamentaba aquello, porque me resulta odioso ver los padecimientos de cualquier alemán, mas no era ese la mejor compañía para tener en el trance de morir. Por mi lado, lo que sentía era orgullo, sabiendo que mi patria iba a dedicarle honores a mi memoria y que mis hijos iban a ser educados bajo mi ejemplo.

El nueve de agosto avizoramos el piso oceánico y lo alumbramos con nuestros poderosos focos: se nos ofreció el espectáculo de una amplia llanura ondulada, en su proporción mayor tapizada de algas y acribillada por las caparazones de moluscos pequeños. Por aquí y por allá se veían cenagosas formas inquietantes, engalanadas por algas e incrustaciones de percebes: Klenze concluyó que se trataba de arcaicas naves naufragadas. Un factor lo abrumó, consistente en un peñasco de materia sólida que sobresalía del piso oceánico cosa de un metro, midiendo aproximadamente medio metro de ancho. Sus flancos eran planos y sus suaves contornos superiores convergían en un marcado ángulo obtuso.

Manifesté que debía tratarse de un afloramiento pétreo, mas Klenze suponía haber visto algo tallado en su superficie. Pasado un rato comenzó a temblar y apartó sus ojos de aquello, como si sintiera miedo, sin dar mayores explicaciones, aunque manifestó al respecto que se sentía abrumado por el tamaño, las tinieblas, la distancia, la edad y el enigma que implicaban esas simas marinas. Su mente estaba extenuada, mas yo continúo siendo invariablemente alemán y no demoré en comprender un par de asuntos: que el U-29 soportaba de un modo digno de toda admiración la presión de esas profundidades y que los singulares delfines seguían allí, en torno nuestro, inclusive a una profundidad donde los científicos manifiestan que no es posible la existencia de los seres superiores. Resultaba notorio que no había yo calculado adecuadamente la profundidad que habíamos alcanzado, sobreestimándola, mas de todas formas nos encontrábamos lo suficientemente sumergidos como para que ese fenómeno resultara llamativo.

La velocidad que llevábamos en nuestra deriva con rumbo al sur, era en menor o mayor medida la supuesta, tomando en cuenta el tipo de organismos que habíamos hallado en las capas superiores, de acuerdo con lo que se apreciaba del piso oceánico.

A las 15,15 del 12 de agosto, el infeliz de Klenze perdió por completo la razón. Estuvo en la torreta empleando el foco, previamente a lanzarse al interior de la biblioteca, donde yo permanecía sumido en mis lecturas, y la expresión de su semblante lo delató en el acto.

—¡Él nos está llamando, bien lo oigo! ¡Debemos ir! —aullaba, y mientras lo hacía tomó la imagen de marfil de la mesa, la guardó en su bolsillo y aferró mi brazo intentando llevarme consigo, escaleras arriba, hasta la cubierta. Enseguida fui consciente de que él quería abrir la escotilla y lanzarse conmigo al exterior, una locura suicida y homicida: yo no estaba listo para eso. Al retroceder yo, probando de serenarlo, Klenze se volvió todavía más iracundo.

—Vamos ya... no esperemos ni un segundo más. Lo mejor es arrepentirse y alcanzar el perdón, antes que desafiar y terminar siendo condenados.

En esas instancia dejé de lado toda intención de que se tranquilizara y le recriminé su demencia. Porque estaba loco, completamente demenciado. Sin embargo, Klenze se mantuvo en sus trece y aulló:

—¡Si estoy loco, entonces tengo mucha suerte! ¡Qué los dioses se apiaden de aquel que en su insistencia siga cuerdo hasta el final! ¡Vamos, pierde la razón, cuando él nos llama con toda benevolencia todavía!

Esos disparates parecieron aligerar algo su mente, pues cuando terminó con eso se mostró más sosegado y me rogó que le permitiera partir a solas si yo no quería hacerlo con él. Mi deber era evidente: era alemán, pero apenas renano y plebeyo. Además, se trataba de un orate peligroso en potencia. Asintiendo a su pedido suicida, me iba a librar enseguida de un sujeto que constituía en mayor medida una amenaza que una adecuada compañía.

Solicité que me entregara la estatuita de marfil antes de irse, mas eso le produjo una risa tan ilimitada que no me animé a repetirlo. A continuación inquirí si su deseo era entregarme algún tipo de recuerdo, un mechó de cabello para los suyos en Alemania, por si yo resultaba rescatado, mas nuevamente prorrumpió en locas carcajadas. De modo que al tiempo que Klenze ascendía por la escalerita, yo accioné las palancas y tras esperar lo necesario para poner el movimiento aquel mecanismo, activé el sistema que lo mandó a su final. Asegurándome después de que ya no estaba él a bordo, direccioné el reflector en torno, intentando iluminar los alrededores para efectuar un vistazo final, puesto que yo quería confirmar si la presión exterior lo había aplastado, tal como debiera —en teoría— haber sucedido, o si de modo opuesto el cuerpo no había sido afectado, como sucedía con esos singulares delfines. No logré ubicar a mi fallecido camarada, puesto que los delfines se apiñaban en crecida cantidad alrededor de la torreta.

Aquella tarde no me pude perdonar por no haberme apoderado a escondidas de la estatuilla de marfil, tomándola de los bolsillos del desgraciado Klenze antes de que me abandonara, pues el recuerdo de ese objeto me obsesionaba. Inclusive no siendo yo alguien de temperamento artístico, era incapaz de arrojar al olvido aquella bella cabeza juvenil, coronada de hojas.

Lamentaba en buena medida haberme quedado sin alguien con quien hablar; aunque Klenze no se encontraba a mi nivel intelectual, su compañía era mejor que ninguna. Aquella noche no logré reposar adecuadamente, preguntándome en qué preciso instante iba a conocer mi final. Por supuesto, mis chances de resultar rescatado eran menos que ínfimas. Llegado el día siguiente ascendí a la torreta y comencé la observación habitual, auxiliándome con el foco. Hacia el norte el panorama era parecido al de los cuatro días que habíamos demorado en llegar hasta el fondo, mas aprecié que la marcha a la deriva del U-29 había reducido su velocidad.

Cuando dirigía el reflector hacia el sur, avizoré que el piso marino en dirección a la proa del navío adquiría una marcada pendiente y en ciertos puntos se dejaban ver unos bloques rocosos llamativamente regulares, ubicados como en correspondencia con determinado orden. El submarino no descendía en forma paralela al fondo, por lo que me vi forzado a reajustar el foco para lograr proyectar un haz lo más angosto posible. A causa de la rapidez del cambio se desconectó un cable, lo que llevó a establecer una pausa de algunos minutos mientras procedía a arreglar el desperfecto. Finalmente el haz de luz tornó a ser proyectado, develando la hondonada submarina que se encontraba debajo.

No soy propenso a sufrir conmociones de ningún tipo, pero mi estupor fue enorme cuando logré admirar aquello que había descubierto con el reflector. Empero –bien embebido de la más alta *Kultur* prusiana, no debía yo asombrarme, puesto que la geología y la tradición se refieren permanentemente a formidables sucesos oceánicos y continentales. Lo que yo aprecié resultó ser un vasto y bien elaborado panorama de edificaciones en ruinas, levantados de acuerdo con una extraordinaria clave arquitectónica, que empero no podía ser clasificada.

Se encontraba todo aquello en diferentes estadios de preservación: en su mayor proporción indicaba haber sido construido aquello en mármol, que fulguraba blanquecinamente bajo el rayo lumínico del barco. El plano general parecía ser el de una amplia urbe alzada al final de una valle apretado, que contaba con una crecida cantidad de templos y villorios distribuidos por sus abruptos flancos. Las techumbres se mostraban derruidas y las columnatas quebradas, pero todavía conservaban vestigios de un arcaico esplendor, al que factor alguno podía disminuir.

Confrontado finalmente con aquella Atlántida que antes era para mí una mera leyenda, entonces resultaba ser yo el más ansioso de los exploradores. Cierta vez corrió un río por el fondo de ese valle, puesto que mientras examinaba con mayor detalle aquel sitio, pude dar con restos de puentes y diques de roca y mármol, sumados a terrazas y terraplenes que antes fueron verdes y agradables. En mi fervor me volví casi tan imbécil como el infeliz de aquel Klenze y demoré en advertir que la corriente sur había cesado de influir, permitiendo que el U-29 bajase paulatinamente sobre la ciudad submarina, así como un avión desciende sobre una ciudad en tierra firme. Asimismo tardé en comprender que el singular cortejo de delfines había desaparecido.

Unas horas más tarde el navío terminó reposando sobre una extensión pavimentada, cercana a una muralla pétrea de aquel valle.

A un costado se podía observar toda aquella urbe bajando desde la plaza hasta la añeja ribera y observando el otro flanco, en una atemorizante cercanía, hallé el frente espléndidamente decorado y muy bien preservado de una vasta edificación; indudablemente era ese un templo cavado en la roca misma. Exclusivamente puedo colegir algo acerca de la realización original de tan formidable edificio...

El frente de enorme tamaño en apariencia cubría un inmenso hueco, pues eran incontables sus ventanales, abiertos por todas partes. En el centro se abría un monumental portal, al que se entraba atravesando una tremenda escalinata. Este portal se hallaba rodeado por titánicas columnatas y frisos imponentes, engalanados por esculturas de una hermosura indescriptible. Evidentemente aquello representaba bucólicas escenas, con procesiones religiosas realizadas por sacerdotes y sacerdotisas que portaban raros objetos para honrar a una radiante deidad.

El arte conque todo aquello fue realizado era de un pasmoso nivel, concebido marcadamente dentro de los cánones helenistas, pero singularmente original. Surgía de su estilo una sensación de asombrosa antigüedad, como si fuese el más arcaico, no el más próximo ancestro del arte griego. No albergo ninguna duda acerca de que cada pormenor de ese edificio fue esculpido en la roca original de nuestro mundo, en la pendiente de esa colina marina. Con toda evidencia formaba parte de la pared del valle, pese a que no podía yo siquiera imaginarme como esa inmensidad pudo alguna vez ser labrada allí. Tal vez su núcleo fuese una cueva o una seguidilla de cavernas.

Ni el tiempo transcurrido ni su condición submarina corroyeron la pasmosa hermosura de ese templo estremecedor, porque debía ser ese un edificio de índole religiosa y actualmente, pasados milenios, descansa todavía con todo su esplendor virginal, en las tinieblas sin final y el mutismo del suelo del océano.

No alcanzo a establecer la cantidad de horas que me llevó admirar la ciudad submarina, con todos sus edificios, arcadas, monumentos y puentes, más el templo titánico y tan pleno de enigmas y belleza. Pese a ser consciente de que mi final se acercaba, me dominaba la mayor de las curiosidades, paseando en torno de mi descubrimiento el haz del reflector en ilimitada pesquisa. El foco me posibilitó acceder a un sinnúmero de detalles, pero nada pudo mostrarme allende el portal del templo que se abría en la piedra original terrestre; pasado un rato cerré la fuente de energía, sabiendo que era preciso economizarla. Los haces eran entonces notoriamente más débiles de lo que eran cuando pasó el navío esas semanas derivando.

Mi anhelo exploratorio de los enigmas submarinos se acrecentaba, azuzado por la merma lumínica, que era mayor cada vez. ¡Un alemán debía ser el primero en ingresar en aquellos senderos olvidados!

Busqué y examiné una escafandra apta para las profundidades, de metal articulado, y revisé la luz portátil y el regenerador de aire. Pese a que iba a resultarme arduo manejar sin otra ayuda las dobles escotillas, me sentía capaz de allanar cualquier obstáculo merced a mi formación científica, y transitar cabalmente por aquella urbe hace tanto muerta.

El 16 de agosto realicé una salida del U-29 y me abrí paso muy trabajosamente a través de las calles repletas de ruinas y barro hacia el primitivo río. No di con esqueletos ni otros restos humanos, pero recogí ingentes saberes arqueológicos, principalmente merced a mi hallazgo de monumentos y monedas. De estos aspectos y en esta instancia no puedo yo hablar, salvo para manifestar mi horror ante una cultura que se hallaba en el cenit de su apogeo cuando los hombres cavernarios vagabundeaban por Europa, mientras el Nilo corría hacia el mar, absolutamente desconocido por la humanidad. Otros, apoyándose en este manuscrito, si es que finalmente resulta encontrado, podrán descubrir misterios que apenas puedo vislumbrar.

Volví al submarino cuando las baterías eléctricas comenzaron a parpadear, mas decidido a explorar el templo al día siguiente. El 17, cuando mi deseo de penetrar en sus misterios se tornaba más imperioso que antes, padecí una formidable desilusión, puesto que caí en cuenta de que los elementos fundamentales para operar la recarga de la iluminación portable habían sido destruidos durante el motín del pasado julio. Mi indignación no tuvo límites, pese a que mi sensatez germana me advertía acerca del riesgo de adentrarme sin otros medios en un sitio en tinieblas, el que bien podía resultar ser la guarida de algún ignoto monstruo oceánico o un dédalo de pasadizos del que jamás volvería a salir.

Cuanto podía hacer era volver el debilitado foco del U-29 y bajo su luz ascender los peldaños del templo para examinar las tallas del exterior. El rayo lumínico ingresaba por el portal siguiendo un ángulo ascendente; espié aguardando avizorar alguna cosa, mas fue infructuoso: ni el techo era cosa visible, y a pesar de que subí un par de escalones hacia el interior, tras comprobar con un bastón la consistencia del suelo, no me animé a seguir adelante en aquellas condiciones. Sumado a ello, por primera vez en toda mi existencia sufría aquella emoción: el miedo. Principié a entender cómo habían tenido lugar los diferentes estadios anímicos del desgraciado Klenze, dado que en tanto el templo me requería en mayor y mayor medida, comencé a sentir miedo de sus líquidas simas de un modo acrecentado y cada vez más ciego. Ya vuelto a la nave, apagué las luces y me senté a cavilar en mitad de la oscuridad, pues tenía que ahorrar la energía eléctrica para el caso de que se presentara alguna urgencia.

El sábado 18 transcurrió para mí en la más absoluta oscuridad, acosado por pensamientos y recuerdos que amenazaban con doblegar mi voluntad germana; Klenze había perdido la razón y había fallecido previamente a llegar a conocer aquel ominoso despojo de un pretérito impensablemente arcaico, tras haberme incitado a irme con él.

Entonces, ¿era dable suponer que el sino me había preservado cuerdo exclusivamente para conducirme irremediablemente hacia un final más tremebundo de cuanto cualquiera podría siquiera imaginar? Evidentemente, mi sistema nervioso estaba soportando una inmensa tensión; debía liberarme de esos terrores característicos de un temple más blando que el mío.

No logré conciliar el sueño la noche del sábado y entonces encendí las luces sin tomar en cuenta el futuro; era cosa lamentable que la energía eléctrica no tuviese una duración tan prolongada como las reservas de aire y las vituallas. Volví a mis reflexiones acerca de suicidarme y examiné mi arma automática.

Llegada la mañana seguramente me dormí dejando encendida la iluminación, pues al despertar ayer a oscuras di con las baterías ya agotadas. Encendí varios fósforos en secuencia y me lamenté con desesperación por no haber tomado las previsiones del caso, descuido que me había conducido a hacer un mal uso de las escasas velas que había a bordo. Después de que se extinguió la última candela que me animé a emplear, me quedé sentado e inmóvil en las tinieblas. Al tiempo que cavilaba sobre el final insoslayable, retornaban a mi mente los acontecimientos anteriores, sumergiéndome en algo hasta entonces no tomado en cuenta, algo que hubiese hecho estremecerse a un sujeto más débil y de creencias supersticiosas. El cráneo de la deidad del templo de roca es igual al de la estatuita de marfil que traía consigo el joven marino rescatado de las aguas, la que se llevó consigo el infeliz Klenze...

Yo me sentí abrumado por la coincidencia, mas de modo alguno amedrentado. Solamente un pensador de nivel inferior se apura a dar una explicación de lo que es original o complejo apelando a un primitivo atajo hacia lo que es de índole sobrenatural. Esa coincidencia era bien rara, mas yo estaba tan habituado a razonar que no podía relacionar instancias que no tuviesen un nexo lógico o bien contemplar de algún modo fuera de la acostumbrado los catastróficos acontecimientos que me habían ocupado desde lo del Victory hasta mi estadio de aquel momento. Necesitado como me hallaba de reposo, ingerí un tranquilizante y me garanticé algo más de sueño. Mi alteración nerviosa se evidenció en mi estadio onírico, puesto que supuse escuchar los aullidos de personas que se estaban ahogando y avizorar semblantes de fallecidos apiñados contra la nave. Entre esos rostros estaba la cara viviente, burlona, del muchacho de la estatuita de marfil.

Debo poner gran cuidado con las notas que señalan mi despertar del día presente, puesto que estoy muy afectado y sin duda hay un alto porcentaje de alucinaciones infiltrado en los hechos actuales. Mi circunstancia es altamente interesante si se la contempla desde lo psicológico, y lamento que no pueda ser yo examinado por alguien alemán y competente para ello.

Cuando abrí mis ojos mi inicial sensación fue un inevitable anhelo de hacerle una visita al templo pétreo, algo que se acrecentaba paso a paso, pese a que de manera automática yo intentaba ofrecerle resistencia apelando al temor, que operaba de modo contrario.

Posteriormente tuve la sensación de percibir una luz en mitad de esa oscuridad originada por el agotamiento de las baterías lumínicas; supuse ver un suerte de fulgor que fosforescía en las aguas, atravesando el ojo de buey que daba al templo. Ello bastó para encender mi mayor curiosidad, dado que no conocía algún organismo de esas profundidades que pudiese emitir esa fosforescencia; pero antes de poder consagrarme a la investigación tuve una tercera vivencia, una que sobre la base de lo irracional que resultaba me da pie para dudar grandemente acerca de lo objetivo que pueda ser cualquier asunto que registren mis sentidos. Se trataba de una ilusión, un aura, una impresión de sonidos rítmicos y melodiosos, como una suerte de canto coral o himno salvaje, pero de todos modos grato. Persuadido de que padecía una anormalidad psíquica encendí unos fósforos e ingerí una elevada dosis de solución de bromuro sódico, que al parecer fue eficaz para serenarme hasta el grado de difuminar aquella ilusión sónica; mas continuaba la fosforescencia y me vi en apuros para sofrenar el infantil anhelo de aproximarme a la portilla e investigar cuál era su origen.

Era esa iluminación espantosamente real y enseguida logré descubrir con su auxilio los objetos más familiares que estaban más a mi alcance, de igual modo que la copa vaciada de bromuro sódico, de la cual no tenía antes una impresión visual ni la menor idea de su ubicación. Esto último me llevó a cavilar y atravesé el sitio para tocarla. Efectivamente estaba allí donde creía verla. Entonces ya sabía que esa iluminación era suficientemente genuina o bien formaba parte de una alucinación tan persistente que no era posible suponer que fuese a difuminarse, de manera que dejando de lado toda resistencia ascendí a la torreta con el objetivo de dar con su origen. ¿Se trataba de otro submarino, una posibilidad de ser rescatado?

Se puede admitir que quien lee esto nada vaya a aceptar de lo que sigue, puesto que los sucesos que implica constituyen una falta a las normas naturales, siendo obligadamente fruto de lo subjetivo y de la irrealidad en que estaba sumergida mi mente alterada.

Al arribar a la torreta hallé que el mar se encontraba separado de la luminosidad que aguardaba. No se hallaba ninguna fosforescencia de índole animal o vegetal en los alrededores, y la ciudad, bajando hasta el río arcaico, no podía ser vista en la oscuridad. Lo que sí vi no era de tipo espectacular, grotesco o aterrador, mas terminó con el postrer resto de confianza en mi propia capacidad de razonar: la puerta del templo en la colina sumergida se veía brillantemente iluminada con un fulgor titilante, semejante al de una gran hoguera ritual ardiendo en sus profundidades.

Los hechos posteriores son caóticos. Mientras admiraba las puertas y los ventanales tan maravillosamente iluminados, principié a padecer las más raras visiones. Lo eran en tal medida que ni siquiera me animo a describirlas... Supuse entrever ciertos objetos en el templo –inmóviles unos, otros dotados de movimiento– y hasta creí oír otra vez el fantástico cántico que flotaba a mi alrededor cuando desperté.

Pero, por encima de todo ello, me agitaban pensamientos e imágenes referidos al joven marinero rescatado del mar y la imagen de marfil cuya figura estaba duplicada en los frisos y las columnas del templo aquel... Pensé en el infeliz Klenze, y me pregunté si su cadáver estaba reposando con ese objeto que se llevó consigo. Klenze me había advertido acerca de algo, sin que yo prestara atención a su advertencia, porque se trataba de un rústico de Renania que perdía toda cordura frente a dilemas que un prusiano como yo era absolutamente capaz de resolver fácilmente.

Lo demás es cosa muy simple: mi impulso de ingresar en el templo se ha transformado en un imperativo formidable, tan imposible de explicar como de no acatar. Hasta mi propia voluntad germana no alcanza para controlar mis acciones; la opción, a partir de ahora, solamente tendrá injerencia en temas mínimos. Una locura semejante llevó a la muerte de Klenze, mas yo soy de Prusia, un hombre entero, y emplearé lo que me resta de autodeterminación hasta el mismo final.

Entendiendo que debía irme, apronté la escafandra, el casco y el regenerador de oxígeno para su uso inmediato, y comencé a escribir esta narración urgente, esperando que alguna vez pueda ser conocida. Introduciré el escrito en una botella, la que voy a arrojar al océano cuando deje definitivamente el U-29.

A nada le temo; tampoco a lo profetizado por el desgraciado teniente Klenze. Lo que vi no puede de ninguna manera ser algo real. Sé que esta alteración de mi voluntad exclusivamente puede conducirme a la asfixia en cuanto se terminen mis reservas de aire. La luz del templo es una total ilusión y voy a fallecer tranquilamente... lo digno de un alemán, en las tenebrosas y olvidadas honduras marinas. Ese reír diabólico que puedo escuchar mientras dejo estas líneas sobre el papel viene de un solo sitio: mi cerebro trastornado, de modo que me colocaré con el mayor cuidado la escafandra y subiré decidido la escalerilla que lleva a ese templo arcaico, ese silente misterio en medio de las aguas vírgenes y un tiempo olvidado.

La estirpe arcaica

En Providence, el 2 de noviembre de 1927.

Mi querido Melmoth:

¿De manera que te encuentras tremendamente ocupado, intentando develar el tenebroso pretérito de ese insoportable muchacho asiático, ese Varius Avitus Bassianus? ¡Puaj! ¡Existen escasos sujetos a los que deteste en mayor medida que a esa infame rata de Siria! Yo mismo fui transportado hace poco tiempo a la oscura era romana, tras leer el *Aenied*, de James Rhoades, en una traducción a la que antes no había accedido, más confiable para P. Maro que cualquier otra, hasta en relación a la realizada por mi tío, el doctor Clark, que permanece inédita. Este entretenimiento a lo Virgilio, sumado a los fantasmales sucesos propios de la festividad del Día de los Muertos, con sus rituales de hechiceros en las colinas, originaron en mí, cuando llegó la noche del lunes que pasó, un episodio onírico muy nítido, que tuvo por escenario la era romana; sus características son tan aterradoras que me hallo persuadido de que alguna vez voy a depositar todo esto en una narración. Soñar con el tiempo de la Antigua Roma no era cosa rara en mi niñez —habitualmente seguía al divino Julio en su camino asolando la Galia, transformado en un *tribunus militum*—, mas hacía mucho que no soñaba algo que me trastornara de tal manera.

Iba cayendo un ocaso rojo sobre la ciudad de Pómpelo, en provincias, en el pedemonte pirenaico de la Hispania Citerior. El año aquel correspondía al final de la República, dado que la provincia todavía era regida por un procónsul senatorial en lugar de serlo por el enviado de Augusto; el día era el primero de noviembre. Las colinas se elevaban rojizas y áureas al norte de la ciudadela, y el sol se mostraba oblicuo sobre las rocas recién emplazadas de las inmensas edificaciones del foro y los muros de madera del circo, hacia el este. Hordas de ciudadanos (algunos colonos de Roma y otros nativos romanizados de cabello oscuro, más mestizos derivados de sus uniones, vestidos con suaves túnicas) así como legionarios armados e individuos de tintas barbas venidos de las cercanas tribus vasconas, se desplazaban por las avenidas y el foro con una suerte de pasividad difusa. Yo mismo terminaba de apearme de una litera que los sirvientes ilirios habían soportado, atravesando Iberia, desde la lejana Calagurria.

Supongo que yo era cierto cuestor provincial, de nombre L. Caelius Rufus, y que había sido mandado llamar por el procónsul, P. Scribonius Libo, cohorte de la XII legión, bajo la tribuna militar de Sex. Asellius. De igual modo el legado de la región, Cr. Balbutius, había concurrido desde Calagurria, donde se hallaba destacado.

El sentido de aquella convocatoria era determinado horror que se halla asentado en las colinas. Los ciudadanos estaban espantados, y habían rogado que se presentara una cohorte de Calagurria. Nos hallábamos en la tremenda temporada otoñal y los salvajes montañeses se aprontaban ya para los horrendos rituales de los que apenas algo se conocía en el ejido ciudadano. Esos sujetos ferales representaban al arcaico linaje que moraba en las cumbres de las colinas; se comunicaban empleando un extraño dialecto, uno que los mismos vascones desconocían. Muy de cuando en cuando se dejaban ver, mas en ciertas ocasiones, anualmente, comisionaban a unos heraldos de ojos pequeños y amarillentos –posiblemente escitas– para trocar productos con los comerciantes, con quienes se comunicaban mediante gestos y señas. Cada otoño, cada primavera, llevaban a cabo sus ceremonias atávicas en los peñascos y sus aullidos y hogueras atemorizaban mortalmente a los ciudadanos. Era cosa invariable, repetida al comienzo de mayo y la noche previa al inicio de noviembre. Muchos iban a desaparecer antes de que llegaran esos días y nadie volvería a verlos. Circulaban ciertas consejas respecto de que los pastores y los campesinos del lugar no veían con malos ojos a ese antiguo linaje; se afirmaba que numerosas chozas locales quedaban desiertas durante esas noches rituales.

Ese año el espanto fue mayúsculo, porque los ciudadanos conocían que Pómpelo era el objetivo del antiguo linaje. Noventa días antes, cinco de esos individuos de mirar huidizo habían bajado de sus colinas, siendo tres de ellos asesinados en el mercado. Los restantes habían retornado a sus colinas sin decir nada. Llegado el otoño, ninguno del lugar había desaparecido. Aquello carecía de lógica: no era cosa habitual que la raza antigua perdonase a sus víctimas en ocasión del *sabbath* y en consecuencia ello resultaba excesivamente bueno para ser entendido como normal. Los lugareños estaban aterrados.

Durante numerosas noches se oyeron tamboriles resonar en las colinas y al final el edil Tib. Annaeaus Stilpo, quien tenía sangre local, mandó venir una cohorte de Balbutius, en Calagurria, para terminar con el *sabbath* de esa espantosa noche.

Balbutius había rechazado categóricamente las prevenciones ciudadanas, y garantizaba que los horrendos rituales de los habitantes de las colinas ninguna relación tenían con los ciudadanos romanos. Empero yo, que debía ser un amigo íntimo de Balbutius, desacordaba con su criterio y argumenté que, habiendo estudiado detalladamente la oscura ciencia vedada, suponía que la gente arcaica era bien capaz de maldecir horriblemente la ciudad, que fundamentalmente era un asentamiento de Roma en la región y albergaba a un crecido número de sus ciudadanos. La madre del edil, Helvia, mujer dotada de una gran comprensión, era una romana pura, hija de M. Helvius Cinna, que había llegado al país con la armada de Escipión. De manera que envié un esclavo –un pequeño heleno de nombre Antípater– portando una cantidad de misivas destinadas al procónsul. Escribonius accedió mis súplicas y mandó que Balbutius nos destinase la quinta cohorte, mandada por Asellius, aconsejando que patrullase las colinas en la primera noche de noviembre, con la misión de echarle el guante a cuantos tomasen parte en esas ceremonias innombrables y los llevase cautivos a Tarraco. Empero Balbutius había dejado oír sus protestas y a causa de ello las misivas fueron y vinieron interminablemente.

Yo le había escrito en tantas ocasiones al procónsul que este terminó por desarrollar un hondo interés por aquel asunto. Finalmente se decidió por participar en persona en ese espantoso asunto.

Así fue que, en definitiva, se trasladó a Pómpelo en compañía de su consejero y asistentes personales, donde prestó oídos a una cantidad de habladurías que terminaron por acrecentar su preocupación. Su decisión fue acabar de raíz con esos cultos; anhelando ser acompañado por un experto conocedor de ese asunto, me dio la orden de que fuera con la cohorte de Asellius. Balbutius asimismo se sumó a los nuestros a fin de insistir en sus convicciones, dado que él suponía genuinamente que un decidido operativo castrense iba a incentivar un riesgoso resentimiento contra los vascones. En tales condiciones estábamos, cuando cayó el mítico ocaso sobre esas colinas del otoño, mientras los rayos áureos se reflejaban en el cráneo liso y el semblante rapaz del anciano Escribonius Libo, ataviado con su toga de mando.

Balbutius lucía su fulgurante casco, con la boca arrugada por lo opuesto que se sentía a todo aquello. Estaba allí el juvenil Asellius, de modales graves y aire superior, más la llamativa mixtura de ciudadanos, legionarios, campesinos, viajeros, esclavos y sirvientes. Incluso yo gastaba una sencilla toga y nada me distinguía en particular.

Mas en cada rincón se evidenciaba aquel terror: los de la ciudad no se animaban a expresarse elevando su voz y los miembros de la corte de Libo, quienes ya llevaban allí una semana entera, demostraban haber adquirido una cierta proporción de estas lúgubres expresiones. Hasta el anciano Escribonius se mostraba muy serio, y las potentes voces de los que habíamos llegado más tarde parecían cosa fuera de lugar, tal como si nos hallásemos en un sitio letal o en el sagrario de una deidad. Ingresamos en el *praetorium* y nos consagramos a una solemne plática: Balbutius hizo públicas sus objeciones, y recibió el apoyo de Asellius, quien al parecer se mostraba muy contemplativo con los lugareños, mientras que paralelamente entendía como falto de toda pertinencia cualquier accionar que fuera a llevarlos a reaccionar. Los dos militares aseveraban que lo más adecuado era enfrentar los temores de lo escasos lugareños de la colonia, evitando hacer algo que provocara la iracundia de los numerosos locales de las colinas, poniéndole fin a las costumbres de sus ancestros. Por mi parte, yo argumentaba que era preciso actuar enseguida y hasta me ofrecí en calidad de voluntario para llevar adelante una incursión. Señalé que los ferales vascones era escasamente revoltosos, de manera que un encuentro bélico con estos era cosa imposible de rehuir y se produciría más tarde o más temprano, independientemente de las previsiones que mantuviésemos. Anteriormente no habían opuesto una marcada resistencia al avance de nuestras legiones y consigné en mi alegato que iba a ser cosa peligrosa que el comando imperial no adoptase un accionar en función de resguardar la integridad de nuestros colonos. Asimismo manifesté que la exitosa gestión provincial se hallaba en directa dependencia de la seguridad de aquellos elementos civilizatorios que tenían en sus manos el comercio y la prosperidad, aquellos individuos con sangre romana. Estos elementos, pese a representar una clara minoría, eran los que brindaban equilibrio a todo el conjunto y su apoyo garantizaba en dominio local del imperio, el senado y el pueblo de Roma. Por lo anterior era fundamental garantizar la seguridad de los ciudadanos romanos, aunque se hiciese imprescindible, bajo tales fines, realizar ciertas acciones e interrumpir las celebraciones en el campamento de Calagurria; al decir esto último, les obsequié a Balbutius y Aselius un gesto de sarcasmo.

Según lo que yo había estudiado, no albergaba duda alguna acerca de que la ciudad y las gentes de Pómpelo se hallaban en peligro. Había examinado numerosos tratados sirios, egipcios y de las arcanas urbes etruscas y conversado asiduamente con los sacerdotes de Diana Aricina, allá en su templo, ubicado en medio de los bosques que rodean el lago Nemorensis. Determinadas maldiciones espeluznantes podían ser lanzadas desde las colinas durante la noche del *sabbath*. Eran esas unas invocaciones que no podían tener lugar dentro de la nación romana. Tampoco era preciso tolerar la concreción de bacanales, antes proscritas por A. Postumius. Este, siendo cónsul, había mandado ejecutar a varios ciudadanos romanos por participar de tales rituales, según lo recabado por el senador consular de Bacanalia, quien ordenó su escultura en bronce y que fueran exhibidos a las gentes.

Asimismo y antes de que el poderío de las maldiciones se convirtieran en algo concreto, el hierro de las picas romanas era capaz de reducirlas a la nada; aquellas celebraciones no podrían oponer demasiada resistencia al avance de una mera cohorte. Simplemente era necesario capturar a los celebrantes; ello, unido a la liberación de los que fueran apenas espectadores, iba a mermar el resentimiento que pudiesen haber acumulado los partidarios de las tradiciones de la raza antigua. En síntesis, las bases políticas obligaban a concretar actos enérgicos y por mi lado no tenía duda alguna acerca de que Publius Escribonius, con su compromiso de dignidad para con los colonos romanos, mandaría adelantar a la cohorte, y con ella a mí, pese a los cuestionamientos manifestados por Balbutius y Asellius. Dos que, ciertamente, parecían pensar y expresarse en mayor medida como provincianos que como ciudadanos de Roma.

Mucho había caído el sol en ese momento y la urbe se mostraba inmersa en un brillo malvado y carente de realidad; en ese instante el procónsul P. Escribonius se mostró de acuerdo con mis sugerencias, y me dio plaza en una de las cohortes con el rango provisorio de *centurio primipilus*; Balbutius y Asellius tuvieron que consentirlo, de mejor manera el primero que el segundo.

En tanto que el ocaso se dejaba caer sobre los abismos del otoño, un raro y horrendo tamborileo se pronunció distante y monocorde. Varios de los legionarios temblaron al oírlo, mas las vigorosas voces de mando les devolvieron la firmeza. Enseguida el conjunto de la formación se dirigió hacia el este, partiendo desde el circo. Libo, así como Balbutius, insistió en acompañar a la cohorte. Sin embargo nos costó mucho dar con un lugareño que nos señalara los pasos tan abruptos que serpenteaban entre los sistemas montañosos. Finalmente un muchacho, de nombre Varcellius, hijo de romanos puros, consintió en conducirnos hasta el comienzo de las colinas. Principiamos la marcha mientras se pronunciaba la noche, bajo la luz plateada y lunar, que inundaba las arboledas extendidas a nuestro flanco izquierdo.

Aquello que más nos intranquilizaba era que el *sabbath* se realizara de cualquier manera. La noticia de que toda una cohorte venía en camino ya había llegado a las colinas, inclusive pese a que la decisión hubiese consistido en otra que la ya tomada, la novedad tendría que haber resultado motivo de la mayor alarma. Empero, los horrendos tamboriles seguían redoblando, tal como si los celebrantes poseyeran una específica razón para exhibir su indiferencia, así marcharan sobre ellos nuestros legionarios. El estruendo aumentó a medida que nos internábamos en las iniciales estribaciones de esas elevaciones, entre densos bosques que nos rodeaban completamente. Los troncos de los árboles semejaban siluetas fantasmagóricas al ser iluminados por nuestras teas. La formación se desplazaba a pie, salvo en el caso de Libo, Balbutius, Asellius, un par de centuriones y yo mismo. Paulatinamente la senda se fue tornando más angosta y más abrupta y quienes la recorríamos montados debimos abandonar nuestras cabalgaduras. Se estableció una guardia de una decena de efectivos para la custodia de los caballos, pese a que las cuadrillas de forajidos era muy poco factible que se animaran a realizar alguna incursión en una noche tan aterradora como aquella. Tras media hora de avance, subiendo peñascos y sorteando precipicios, la formación tuvo que afrontar muchas dificultades al ser una compuesta por tantos efectivos, tres centenares, quienes se veían forzados a marchar sobre un terreno pleno de obstáculos. En esa instancia, con una escalofriante nitidez, llegó hasta nosotros un ruido que venía de abajo y helada la sangre en las venas. Provenía del sitio donde abandonamos nuestros montados; las bestias gritaban, no estaban relinchando... en verdad aullaban. Ninguna luz se avizoraba ni se escuchaban voces, algo que indicara qué estaba allí aconteciendo. En ese instante centenares de hogueras se prendieron en los riscos que se hallaban por encima de nuestros cascos, de modo que el espanto parecía acosarnos desde arriba y desde abajo. Miramos hacia donde antes se encontraba nuestro joven guía, Varcellius, y solamente dimos con una cabeza decapitada en medio de un charco de sangre. En su diestra aferraba todavía una espada corta, la que había extraído de la vaina de D. Vinulanus, un subcenturión, y en su semblante se leía tal terror que hasta los más curtidos veteranos empalidecieron solamente de verlo. Se había suicidado al oír los aullidos de los caballos; él, quien había nacido y se había criado en aquel paraje, uno que bien sabía qué tipo de sujetos susurraban en las colinas.

Nuestras teas se fueron apagando y los alaridos de los aterrorizados efectivos se entremezclaron con los bramidos de las cabalgaduras. La atmósfera se volvió evidentemente mucho más fría, mucho más de lo habitual para el comienzo de noviembre; parecía ser agitada por tremendas reverberaciones que no me atreví a relacionar con el zumbar de los tamboriles. El conjunto de los legionarios se quedó inmóvil y cuando las luminarias culminaron de extinguirse, aprecié unas sombras fantasmagóricas que se perfilaban en el firmamento, contrastando con lo iluminada que se veía la Vía Láctea, tal como si sus fulgores viniesen de las estrellas Perseus, Casiopea, Cefeus y Cygnus.

Súbitamente, la suma de las estrellas se difuminó, ello también sucedió con las fulgurantes Vega y Deben y las solitarias Altair y Fomalhaut. Las teas se apagaron por completo, al unísono, y nuestra formación, aterrorizada y bramando, quedó bajo el estupor que provocaban los horrendos fuegos ardiendo en las cimas de las colinas. Era aquel un infierno rojo y era visible la figura de esas formas increíbles y titánicas de engendros sin nombre, tan carentes de uno que ni los sacerdotes frigios ni los demás brujos se animaron jamás a otorgarles alguno en sus más descabelladas narraciones.

Por sobre el furor de los hombres y los caballos, el diabólico redoblar de los tamboriles aumentó, al tiempo que un ventarrón salvaje y gélido arrasaba las cimas trasportando horrores con él, sacudiendo a cada individuo separadamente, hasta que la formación se dio a la fuga en una y otra dirección, aullando en las tinieblas, tal como si tuviese que arrostrar el sino de Laooconte y su descendencia. Solamente el anciano Escribonius se mostraba aceptando su destino.

Dejó oír unas sordas expresiones, las que pude escuchar nítidamente pese al fragor, palabras que todavía retumban en mi mente: *"Malibia vetus; malihia vetus est... venit... tándem venit..."*.

En aquel instante fue que yo desperté: lo hice saliendo del sueño más real que tuve desde hace años, insertado en mi inconsciente entre sitios y asuntos olvidados. No ha quedado crónica alguna que haya registrado el sino de esa cohorte, mas la urbe, como mínimo, fue salvada... Las recopilaciones señalan la existencia de la ciudad de Pómpelo en nuestra época, cuyo nombre es ahora Pompelona...

Invariablemente tuyo por la supremacía del godo: G. Iulius Verus Maximinus.

La calle

No falta quien manifiesta que los objetos y los sitios poseen alma, como tampoco falta quien asevere todo lo contrario. Por mi lado, yo no me animo a afirmar nada al respecto, mas sí deseo referirme a la Calle.

La creación de esa Calle se debió a hombres vigorosos y honorables, bondadosos y laboriosos, de nuestra misma sangre. Ellos vinieron de las Islas Bienaventuradas, las que se hallan al otro lado del océano. En un comienzo no consistió en otra cosa que una senda que pisaban los aguateros que se dirigían desde el manantial que hay dentro del bosque hasta las pocas viviendas erigidas ante la playa.

Después, cuando más sujetos se sumaron con otras casas al incrementado grupo que estaba en busca de un terreno donde morar, se alzaron chozas en el sector norteño y también cabañas hechas con recio roble y mampostería en el flanco boscoso, puesto que por ese lado los atacaban las flechas indias. Pasaron los años y la gente erigió otras casas más, en la porción sur de la Calle.

Por ella paseaban calle arriba y calle abajo individuos de expresión grave, gastando sombreros con forma de conos, cargados casi invariablemente con mosquetes y armas de caza; también paseaban sus mujeres, con sus sombreritos y sus serios hijos. Al llegar la noche, los hombres tomaban asiento, acompañados por sus esposas e hijos, en torno de inmensas chimeneas, y a su calor se entregaban a la lectura y la conversación. Eran sencillas sus lecturas, tanto como su charla, mas les transmitían bonhomía e impulso, ayudándolos cada jornada para dominar los bosques y las campiñas. Los hijos, al escucharlos, aprendían las normas y las hazañas pretéritas y los asuntos de la añeja Inglaterra, cosas que jamás habían presenciado o bien que no alcanzaban a rememorar.

Tuvo lugar una contienda y tras ella, la indiada no volvió a importunar a nadie en la Calle. La gente, consagrada a sus labores, prosperó y logró ser todo lo dichosa que estuvo a su alcance. Así crecieron los descendientes en la bonanza y arribaron otras familias, venidas de la vieja patria, para morar en la Calle. Así fueron creciendo los hijos de los hijos, al tiempo que lo hacían los hijos de los recién venidos. El poblado se convirtió en una ciudad y una detrás de la otra, las simples cabañas de antaño les cedieron sus emplazamientos a las casas, sencillas y bellas, construidas con ladrillo y madera, provistas de escaleras de piedra, barandas de hierro y montante desplegado en forma de abanico sobre los portales. No se trataba de frágiles construcciones, pues eran levantadas para servir de hogar a varias generaciones. Contaban con chimeneas talladas y escalinatas plenas de gracia; tenían agradable amoblamiento, de buen gusto, con porcelana china y vajilla de plata, venida de Inglaterra.

De tal modo la Calle se surtió de los sueños de un pueblo juvenil y se alegró cuando sus habitantes se tornaron dichosos y tuvieron inclinaciones más refinadas. Allí donde antaño solamente se encontraba uno con vigor y honor, entonces también anidaron el buen gusto y las ganas de aprender. Llegaron los libros y las pinturas, así como la música; los jóvenes ingresaron a la universidad, edificada en la planicie norteña. En vez de sombreros con forma de cono y cortas espadas, lazos y pelucas, surgió el adoquinado y sobre él retumbaban las herraduras de los caballos de pura sangre y andaban a los tumbos carruajes dorados. Había asimismo aceras de ladrillo, que contaban con postes para sujetar las cabalgaduras.

Se encontraban en esa Calle numerosos árboles. Había en ella olmos y robles, sumados a arces venerables, de manera que durante el estío todo se llenaba de verdor y cantaban las aves. En la porción trasera de las viviendas se veían cercas de rosales con sendas rodeadas de setos y relojes solares, allí donde por la noche fulguraban mágicas la luna y las estrellas y brillaban bajo el rocío las perfumadas flores.

De tal modo fue que continuó soñando la Calle, aguantando guerras, catástrofes y transformaciones. En una ocasión partió la mayor cantidad de los jóvenes y varios de ellos no retornaron jamás. Ello sucedió cuando quitaron la antigua bandera para izar en su lugar una enseña con barras y estrellas; mas pese a que se refirieran notables modificaciones, la Calle no las percibió porque sus habitantes continuaban siendo los mismos, conversando acerca de las añejas cuestiones familiares en las antiguas reuniones de familia. La arboleda siguió albergando el canto de los pájaros y cada noche la luna y las estrellas admiraban las flores cubiertas de rocío en las cercas de rosales.

Pasado el tiempo, se esfumaron de la Calle espadas, tricornios y pelucas. ¡Qué raros se veían sus pobladores con aquellos bastones, los elevados sombreros de castor y el cabello corto! Un chisme novedoso comenzó a dejarse oír desde lejos: inicialmente llamativos resoplidos y aullidos venidos del río, a dos kilómetros de allí. Después -muy después- en otras direcciones se oyeron resoplidos, alaridos y un gran bullicio. La atmósfera ya no era de tanta pureza, mas el espíritu de aquel sitio seguía siendo el mismo. La sangre y el espíritu de sus ancestros habían establecido la Calle. De igual manera permaneció inmutable el espíritu cuando destriparon la tierra e introdujeron en ella raros tubos y cuando levantaron elevados postes para que sirviesen de sostén a unos alambres enigmáticos. Tanto conocimiento añejo se conservaba en la Calle, que resultaba difícil olvidarse del tiempo pretérito.

Posteriormente fue mala la época, cuando muchos de los que conocían la Calle de antaño dejaron de hacerlo, mientras que —simultáneamente— la conocieron muchos que antes la desconocían; y se fueron, porque su modo de hablar eran basto y estridente, nada agradables sus expresiones y sus rostros. Sus pensamientos se alzaron asimismo contra el espíritu sapiente y justo de la Calle, de manera que la Calle se debilitó muda mientras sus casas se derrumbaban, sus árboles morían uno detrás del otro, sus rosales eran dominados por la mala hierba y los desperdicios. Mas un día la Calle tembló de orgullo y otra vez marcharon sus jóvenes, algunos de los cuales no regresaron. Jóvenes que marchaban vistiendo de azul.

Pasados más años, la fortuna de la Calle se tornó peor: su arboleda se había esfumado, sus rosales fueron arrasados para levantar los muros traseros de edificaciones flamantes, horribles y baratas, en línea con calles paralelas. Empero continuó habiendo casas, pese a los atropellos del tiempo y las borrascas. Es que habían sido levantadas esas viviendas para albergar a muchas generaciones. Caras nuevas se asomaron a la Calle: morenas, ominosas, de mirada furtiva y rasgos particulares, sus dueños empleaban idiomas extraños, trazaban signos conocidos e ignotos sobre la mayor parte de las casas antiguas. Las carretadas repletaban el río y un hedor inmundo, imposible de identificar, lo invadió todo, adormilando al añejo espíritu del lugar.

Cierta vez la Calle sufrió una gran conmoción: la contienda y la revolución habían estallado furibundas allende el océano. Una dinastía se había derrumbado y sus aberrantes súbditos avanzaban en masa, bajo dudosa intención, rumbo a Occidente. Gran cantidad de ellos se apoderaron de las viviendas en ruinas, las que antaño habían conocido el can-

tar de las aves y el aroma de los rosales. Más tarde, la tierra occidental se despertó y se unió a la Patria Vieja en su
combate colosal a favor de la civilización. Otra vez flameó
sobre las urbes la antigua bandera, acompañada por otra
nueva y otra más simple, pero igualmente cubierta de gloria,
que tenía 3 colores. Empero no flamearon demasiadas en la
Calle, porque en ella solamente regían el temor, el odio y la
ignorancia. Los hijos de los jóvenes del pretérito, vistiendo
de verde oliva y provistos de un alma igual a la de sus ancestros, venían de sitios distantes y desconocían la Calle y su
añejo espíritu.

Se alcanzó un gran triunfo allende los mares y la mayor
parte de los jóvenes retornaron victoriosos. A aquellos que
carecían de alguna cosa, eso ya dejó de faltarles, pero impe-
raba el temor en la Calle, así como el odio y la ignorancia,
pues eran numerosos los que habían seguido allí y también
muchos los forasteros venidos de distantes regiones para
asentarse en las viejas casas. En cuanto a los jóvenes que
habían vuelto, no tornaron a habitarlas. La mayor parte de
los extranjeros eran trigueños y de aires siniestros, pero era
factible hallar entre ellos algún que otro rostro semejante al de los que construyeron la Calle y forjaron su alma.
Semejantes eran, mas diferentes, pues en la mirada de todos
esos extranjeros se veía algo raro, anormal, como la codicia,
la ambición, el resentimiento o unos celos retorcidos.

En el exterior se hallaban emboscados el disturbio y la
traición, presentes entre un grupo maligno que conspiraba
para asesinar a Occidente, para instaurar su dominio sobre
sus ruinas, tal como lo habían hecho los homicidas de ese
helado e infeliz país de donde provenía la mayor parte de
los emigrados. Y el núcleo de la conspiración se encontraba
en la Calle, cuyas mansiones estropeadas bullían de agita-
dores, retumbando con las planificaciones y los discursos
de esos sujetos que anhelaban el arribo de la jornada desig-
nada para el derramamiento de sangre, los incendios y los
asesinatos.

Desde la ley se habló en gran medida acerca de raras asambleas realizadas en la Calle, mas poco y nada pudo ser demostrado. Aplicadamente, individuos que llevaban identificaciones escondidas estuvieron con el oído atento en sitios como la panadería de Petrovitch, la miserable Escuela Rifkin de Economía Moderna, el Club del Círculo Social y el Café Libertad, donde se daban cita numerosos y siniestros sujetos. Estos, sin embargo, invariablemente conversaban observando la mayor prudencia, o bien empleaban idiomas foráneos para hacerlo. Todavía seguían erguidas las añejas casas, con su sabiduría olvidada de centurias más nobles y ese pasado de vigorosos pobladores coloniales, con rosales bajo la luz lunar. En ocasiones venía de visita un poeta u otro viajero solitario, que intentaba imaginarse cómo había sido el ajado esplendor de esas mansiones, aunque nunca eran muchos los visitantes de esta clase.

Posteriormente se dejó oír el cuento de que esas viviendas les servían de escondrijo a los líderes de una amplia banda de subversivos, los que en un día ya establecido iban a concretar una bacanal de homicidios, para acabar con América y al mismo tiempo con las bellas y añejas tradiciones que la Calle amaba.

Circulaban libelos y pasquines por los riachos infames, que habían sido impresos en numerosos idiomas y empleando variados caracteres, como heraldos del motín y los crímenes. En esos impresos se impulsaba a las personas a acabar con las normas y cuanto era virtuoso para nuestros ancestros, de manera de estrangular el espíritu de la antigua América, el espíritu heredado, a través de un milenio y medio de libertad, justicia y templanza anglosajonas. Se murmuraba que los hombres trigueños reunidos en las estropeadas viviendas eran los cabecillas de una horrenda rebelión y que a una orden de ellos millones de bestias brutales e imbéciles mostrarían sus zarpas inmundas para incendiar, asesinar y destruir, hasta asolar por completo la patria de nuestros antepasados. Todo aquello era mencionado y repetido y eran muchos quienes cavilaban con miedo acerca del 4 de julio, la jornada que era referida en esos raros impresos. Empero, nada pudo ser demostrado que incriminara a los culpables. Ninguno sabía con precisión a quién era necesario arrestar para segar desde la raíz tan horrendo complot. En numerosas oportunidades brigadas policiales que vestían de azul requisaban las antiguas casas, hasta que dejaron de hacerlo, fatigadas de esforzarse por mantener la ley y el orden: entregaron la ciudad a su sino. En esa instancia fue que aparecieron los efectivos vestidos de verde oliva y cargando sus armas, hasta el extremo de que semejaba aquello, como en una pesadilla muy de lamentar, que a la Calle llegaran memorias de ese pretérito en que la recorrían individuos con mosquetes y sombreros con forma de cono, rumbo al manantial del bosque y a las casas de la playa. Empero nada pudieron concretar para evitar la ya cercana catástrofe, porque los ominosos sujetos de piel tostada tenían una malicia bien probada.

De tal manera la Calle continuó durmiendo su sueño perturbado, hasta que cierta noche se concentraron en la panadería de Petrovitch, en la Escuela de Economía Moderna, en el Club del Círculo Social, en el Café Libertad y en otros sitios, vastas hordas de ojos abiertos por el horrendo sentido de victoria y expectación. Viajaron por bien escondidos alambres unos raros mensajes, y se habló en gran medida, asimismo, de otros todavía más extraños que debían llegar; pero de prácticamente todo aquello nada se conoció hasta después, cuando Occidente se encontró a salvo de esos peligros. Los hombres de verde oliva no podían referir qué estaba sucediendo ni aquello que iban ellos a efectuar, pues los sujetos trigueños y siniestros eran genuinos maestros en cuanto a disimular y esconder sus asuntos.

Sin embargo, los individuos de verde oliva nunca lograrán olvidarse de esa noche, y va a hablarse de la Calle tal como ellos se lo explicarán a sus nietos, pues numerosos fueron los enviados, cerca del alba, a una vivienda diferente de aquellas que ellos suponían. Era sabido que esa guarida de ácratas era antigua y que las casas estaban estropeadas debido a los estragos del tiempo, las borrascas y la carcoma; empero aquello que tuvo lugar esa noche de estío a todos sorprendió por su rara condición. Ciertamente fue algo muy particular, mas también muy simple: sin aviso anticipado, a comienzos de la madrugada, la suma de los daños ocasionados por el tiempo, las borrascas y la carcoma encontraron su tremebundo final... Después del derrumbe definitivo nada en pie se conservó en la Calle, excepto un par de arcaicas chimeneas y una porción apenas de un muro de ladrillos. Ninguno de los que moraban allí conservó su vida; una poeta y un viajero que se sumaron a la gran muchedumbre para contemplar aquello, narraron luego singulares historias. El vate refirió que en las horas previas al alba estuvo mirando las ominosas ruinas, difusas bajo el fulgor de la luz eléctrica, y que por sobre los escombros se podía admirar otra escena, donde pudo identificar la luna, bellas viviendas, olmos y robles y arces admirables. En cuanto al viajero, señala que en lugar de la acostumbrada hediondez era factible apreciar un delicado aroma, semejante al de las rosas en su plenitud. Mas, ¿acaso no es sabido que resultan falsos los ensueños poéticos y los cuentos de viajero? No falta quien repite que las cosas y los sitios poseen un espíritu, y tampoco falta quien diga todo lo opuesto.

Por mi parte, yo no me animo a referir más de lo que ya les conté acerca de la Calle.

Lo que buscaba Iranon

El jovencito vagabundeaba por la pétrea ciudad de Teloth, coronado con hojas de parra, el cabello amarillo refulgiendo merced a la mirra y el atuendo púrpura desgarrado por los espinos de la montaña Sidrak, que se alza del otro lado del puente de roca. Los de Teloth son de piel oscura y austeros y viven en casas de planta cuadradas. Con el ceño fruncido interrogaron al extraño acerca de su lugar de procedencia, su nombre y su fortuna. A todo ello que el joven respondió:

—Mi nombre es Iranon y vengo de Aira, una urbe distante de la que actualmente apenas me acuerdo, mas que deseo volver a ver. Ejecuto esos cantos que aprendí en esa remota ciudad, y mi anhelo es crear belleza con los recuerdos de mi niñez. Mi fortuna consiste en esos pequeños recuerdos y esos sueños, y en los deseos a los que les presto mi voz en un jardín, si la luna es gentil y la brisa que viene del poniente sacude los pimpollos del loto.

Al escucharle decir aquello, los de Teloth parlotearon entre sí, porque en su urbe de granito nadie ríe ni canta; los adustos habitantes en ocasiones miran hacia las colinas karthianas si es primavera, pensando en los laúdes de la lejana Oonai, que apenas conocen merced a lo que narran los viajeros. Bajo tales cavilaciones fue que convidaron al extranjero para que se quedara y cantara en la plaza ante el torreón de Mlin. Y ello, aunque no les agradaba el matiz de sus ropajes rasgados, la mira de sus cabellos ni lo juvenil de su áurea voz.

Iranon cantó esa tarde, y cuando lo hacía un viejo comenzó a orar y un ciego dijo ver una aureola sobre el cráneo del cantor; mas la mayoría de los de Teloth bostezaron aburridos, algunos rieron y otros se fueron a sus casas a reposar, ya que Iranon nada les contó que fuera de utilidad: solamente se refirió a sus recuerdos, deseos y sueños.

—Recuerdo el ocaso, la luna y los cantos suaves; también la ventana junto a la que me arrullaban para que conciliara el sueño. Detrás de la ventana se hallaba la calle de donde venían luces doradas y danzaban las sombras sobre mansiones marmóreas. Yo rememoro un cuadrado luminoso sobre el piso, era esa una luz distinta de cualquier otra. También recuerdo las visiones que bailaban sobre ese fulgor cuando mi madre cantaba. Y recuerdo el sol matinal en el estío, sobre las colinas de mil colores, y el dulzor de las flores en el viento sureño, que llevaba a los árboles a cantar.

"¡Aira, urbe de mármol y berilo, qué incontable es tu hermosura! ¡En qué alta medida idolatré la cálida y perfumada arboleda del otro lado de transparente curso del Nithra, y las cataratas del pequeño Kra que corre por el valle verde! En esas forestas, en ese valle, los chicos trenzaban guirnaldas, y al anochecer yo soñaba extrañas cosas bajo los árboles montañeses, al tiempo que admiraba las luminarias de la urbe, abajo, y el meandroso río Nithra reflejaba una cinta estelar.

"La urbe tenía palacios construidos en mármol de colores y también veteado, con cúpulas áureas y paredes pintadas, y jardines verdes con pálidos estanques y fontanas cristalinas. Muy seguidamente en esos jardines me entregaba a mis juegos, me bañaba en las fuentes y me reclinaba y soñaba entre las blancas flores, bajo la sombra de sus árboles. En ocasiones, al crepúsculo, ascendía por la prolongada calle que empinaba su pendiente rumbo a la ciudadela y la explanada, y avistaba Aira, la mágica urbe de mármol y berilo, magnífica en su iluminación dorada. Hace mucho ya que te extraño, Aira: yo era excesivamente joven cuando me fui al exilio, mas mi padre era tu rey y yo volveré... Eso decretó el destino. Fui tras de ti por los siete reinos y alguna vez regiré sobre tu arboleda y tus jardines, tus avenidas y palacios. Yo cantaré ante aquellos que tengan la capacidad de apreciar mi arte, hombres que no se burlen de mí ni me desdeñen dándome la espalda. Pues yo soy Iranon, el que fue príncipe de Aira.

Esa noche los de Teloth cobijaron al extranjero en una caballeriza. Cuando llegó la mañana se le acercó un arconte y lo urgió para que se presentase en la tienda de Athok, un zapatero remendón, y se convirtiese en su aprendiz.

—Mas... si yo soy Iranon, el cantor —dijo el joven—. No fui hecho para el trabajo de remendón.

—En Teloth todos deben trabajar duramente —le contestó el arconte—. Esa es nuestra ley.

En tal instancia, Iranon replicó:

—¿Por qué causa deben afanarse así? Acaso, ¿ustedes no pueden vivir dichosamente? Si ustedes trabajan para laborar todavía en mayor medida, ¿cuándo van a dar con la felicidad? ¿Trabajan para vivir, cuando la existencia consiste en hermosura y canto? Si no aceptan a los cantores entre ustedes, ¿cuáles son los resultados de tantos afanes? Esforzarse sin cantos es como un viaje agotador y sin final. Acaso, ¿no es mejor morirse?

Mas el arconte era de ánimo sombrío y no comprendió lo que le decía el muchacho, de modo que se lo echó en cara.

—Eres un mozalbete extravagante. No me agrada tu voz ni tu semblante. Tu decir es blasfemo: los dioses de Teloth dicen que el esfuerzo mayor es lo mejor. Nuestras deidades nos hicieron la promesa de encontrar un luminoso edén después de muertos, uno en el que vamos a reposar durante toda la eternidad, y una cristalina frialdad en la que ninguno perturbará su pensamiento ni sus ojos con la belleza. Ve a la tienda de Athok el remendón o te irás de aquí esta misma noche. Aquí hay que trabajar. Cantar es cosa estúpida.

De modo que Iranon dejó la caballeriza y atravesó las angostas callejuelas de piedra, entre lúgubres viviendas de granito y planta cuadrada, detrás de algo que fuese verde en medio de la primavera. Mas nada era verde en Teloth: todo era de piedra. Los rostros de los hombres eran ceñudos, pero junto a un dique de piedra, cerca del ocioso río Zuro, estaba sentado un muchachito de ojos tristes, contemplando el curso de agua y buscando el ramaje verde y florido que era arrastrado desde las colinas por el río. Entonces el jovencito musitó:

—¿No eres tú aquel que refieren los arcontes, ese que va detrás de una remota urbe, alzada en una bella comarca? Mi nombre es Romnod, de la estirpe de Teloth, pero no tan viejo como esta granítica ciudad. Cada día deseo la templada arboleda y los lejanos territorios de hermosura y de cantos. Allende las colinas karthianas se encuentra Oonai, la urbe de laúdes y danzas, de la que se dice que es simultáneamente terrible y digna de adoración. Deseo llegar a ella en cuanto sea adecuadamente mayor como para encontrar su rumbo. También deberías ir tú hacia allá, puesto que en ella podrás cantar y ser escuchado. ¡Abandonemos Teloth! Iremos juntos atravesando las colinas de la primavera. Vas a enseñarme los senderos, mientras que yo atenderé tu canto cuando atardezca y las estrellas, una a una, enciendan ensueños en la imaginación. Quizás Oonai, la de laúdes y danzas, sea la soñada Aira que tú buscas, pues dices que no has visto Aira desde que eras un niño, y los nombres suelen transformarse. Vamos rumbo a Oonai, ¡Oh Iranon, el de los cabellos dorados!, donde sabrán de nuestro deseo y nos recibirán en calidad de hermanos, sin mofarse ni fruncir las cejas por aquello que decimos.

Entonces Iranon le respondió de esta guisa:

—Que así sea, joven amigo, y quien en esta pétrea ciudad desee dar con la hermosura, tiene que ir tras ella a las montañas y allende estas. No voy a abandonarte en este lugar, entregado a tus suspiros en las riberas del ocioso Zuro. Mas no supongas que el placer y el júbilo residen más allá de las colinas karthianas, ni en cualquier paraje que puedas hallar pasado un día, un año o incluso un lustro de marcha. Escucha: en tiempos en que yo era tan pequeño como tú lo eres hoy vivía en el valle de Narthos, a la vera al helado Xari, donde ninguno le prestaba atención a mis sueños, y me decía a mí mismo que cuando llegara a ser mayor partiría a Sinara, en la pendiente sureña, y cantaría para los risueños camelleros en el mercado. Mas cuando arribé a Sinara me topé con los camelleros y estaban embriagados y sobresaltados; entendí que sus cantares no se parecían a los míos, de modo que bajé en un bote por el Xari hasta llegar a Jaren, la de los muros de ónix. Los soldados de la ciudad se mofaron de mí y me echaron de allí, de manera que me vi obligado a transitar por numerosos poblados. Visité Stethelos, que se alza bajo una inmensa cascada, y el pantano donde cierta vez se encontraba Sarnath. Llegué a Thraa, Ilarnek y Kadatheron, junto al meandroso río Ai, y moré durante mucho tiempo en Olatoë, en la comarca de Lomar. Mas pese a que en ciertas ocasiones conté con público, este siempre fue muy reducido. Bien conozco que exclusivamente seré bien recibido cuando llegue a Aira, la de mármol y berilo, allí donde alguna vez reinó mi padre. De manera que la buscaremos, aunque vamos a hacer lo correcto si nos aproximamos a la remota y bendita por los laúdes, la ciudad de Oonai, atravesando las colinas karthianas... Puede que sí, que efectivamente ella sea Aira. Pero dudo de ello, porque la hermosura de Aira no puede ser siquiera imaginada. Ninguno puede referirse a ella sin caer en éxtasis, en tanto que los camelleros, cuando hablan de Oonai, dicen cosas repletas de lujuria.

Hacia el ocaso, Iranon y el pequeño Romnod dejaron Teloth atrás y vagaron mucho tiempo por las verdes colinas y las refrescadas forestas. Su sendero era trabajoso y oscuro y parecían no llegar jamás a Oonai, la de los laúdes y las danzas; mas cuando ya se dejaban ver las estrellas, Iranon pudo cantar acerca de Aira y su hermosura, y Romnod logró escucharlo, lo que de cierta forma los llenó de dicha. Recogieron gran cantidad de frutos y bayas, sin enterarse del paso de las horas. Así pasaron varios años. El pequeño Romnod ya no lo era tanto y su voz sonaba honda, antes que aguda. Sin embargo, Iranon parecía ser siempre el de antes y adornaba su cabello dorado con hojas que tomaba de las viñas, frotándoles perfumadas resinas tomadas de los bosques. Así llegó el día en que Romnod pareció de mayor edad que Iranon, aunque era tan pequeño cuando éste lo encontró admirando las floridas ramas en Teloth, junto al ocioso Zuro de riberas de piedra.

Determinada noche de luna llena, los viajeros subieron a un monte y vieron las múltiples luminarias de Oonai. Los lugareños les habían asegurado que se hallaban cerca del poblado y supo Iranon que esa no era Aira, la ciudad de su nacimiento. La iluminación de Oonai no era como la de Aira: era dura y enceguecía, en tanto que Aira refulgía tan gentil y mágica como el claro de luna que se proyectaba en el piso, cuando la madre de Iranon lo acunaba cantando. Mas Oonai era urbe de laúdes y danzas e Iranon y Romnod descendieron la pronunciada pendiente de ese monte, creyendo hallar a quienes pudiesen hacer gozar con sus cánticos. Cuando ingresaron en la ciudadela se toparon con unos que festejaban engalanados con rosas, visitando cada casa y asomándose por las ventanas y los balcones; unos que atendían a los cantares de Iranon y le tiraban flores y lo aplaudían. Así, durante un momento, supuso Iranon haber dado con aquellos que sentían y pensaban de un modo similar al suyo, pese a que la urbe no era ni la centésima parte de bella que Aira.

Cuando llegó el amanecer Iranon dirigió en torno de sí miradas desesperanzadas: las cúpulas de Oonai no eran áureas bajo la luz solar, sino tristes y grisáceas. Además, los de Oonai se veían lívidos por tanta jarana y embotados por el vino... ¡qué diferentes eran de los que moraban en Aira! Mas dado que los ciudadanos de Oonai le habían obsequiado sus flores y aplausos, Iranon permaneció allí y Romnod en su compañía, a quien le agradaba la jarana de la ciudad y ya lucía coronas de rosas y mirto en sus oscuros cabellos. Muy seguidamente Iranon entonaba por la noche para los festejantes, aunque continuaba sin variar su naturaleza. Apenas se coronaba con vid montañesa y seguía extrañando las avenidas de Aira y el transparente río Nithra. Entonó sus cantos entre los frescos que ornaban las salas reales, sobre una plataforma de cristal levantada sobre un piso de espejos y según iba cantando pintaba escenas para quienes lo escuchaban, hasta que pareció que el piso reflejaba hechos del pasado, hermosos y a medias olvidados, en lugar de a los celebrantes enrojecidos por el vino, aquellos que le arrojaban flores.

El monarca mandó que dejase de lado sus astrosas púrpuras para vestirse de satén e hilos de oro, luciendo anillos de verde jade y brazaletes de marfil coloreado; asimismo lo alojó en un salón dorado y lleno de tapices, dándole un lecho de madera tallada y bien provista de almohadones y mantas de seda, con flores bordadas. De esa manera vivió Iranon en Oonai, la de los laúdes y las danzas.

Se ignora cuánto residió allí, pero cierta vez el rey mandó llamar a su palacio a un grupo de salvajes bailarinas, provenientes del erial liranio, y a trigueños flautistas del este, de Drinen, y después de eso los celebrantes ya no obsequiaron flores a Iranon como lo hacían antes, sino que las destinaron a las danzarinas y los flautistas. Según el tiempo pasaba, ese niño que era Romnod en la pétrea Toloth se tornaba más rudo y enrojecía más por la ingesta de licores, soñaba menos y atendía con mermado placer los cantares de Iranon. Mas pese a que este se entristecía, no por eso dejaba de entonar sus cánticos: cada noche volvía a sus ensueños acerca de Aira, la de mármol y berilo. Después, cierta noche, el hinchado y enrojecido Romnod farfulló sobre la seda de su diván y murió entre convulsiones, al tiempo que Iranon, empalidecido y flaco, cantaba para sí en un apartado rincón. Luego de que Iranon derramó sus lágrimas sobre el sepulcro de Romnod, al que cubrió de ramas floridas —porque tanto le gustaban a Romnod— dejó de lado sedas y guirnaldas y sin ser visto dejó atrás Oonai, la de los laúdes y las danzas, vistiendo apenas los harapos de color púrpura con los que había arribado, adornado con nuevas hojas de viña montañesa.

Iranon se dio a vagar hacia el oeste, en busca todavía de la ciudad donde había nacido y de aquellos capaces de comprender y apreciar sus cánticos y sus ensueños. En todos los poblados de Cydathria y en las comarcas allende el desierto, jóvenes alegres se burlaban de sus añejas canciones y de sus astrosas ropas color de púrpura, mas él, Iranon, conservaba su juventud y llevaba sobre su cabello dorado una corona mientras honraba a Aira con su cantar, esa ciudad que era el deleite de lo pretérito y la esperanza del porvenir. Cierta noche arribó a una miserable covacha donde moraba un anciano pastor, mugriento y cargado de hombros, quien albergaba su reducido rebaño en un ladera rocosa, sobre un cenagal de arena movediza. A ese hombre, como antes a otros, se dirigió Iranon diciendo:

—¿Puedes tú decirme dónde encontraré la ciudad de Aira, la de mármol y berilo, donde fluye el traslúcido Nythra y donde las cataratas del pequeño Kra murmuran entre valles verdes y colinas cubiertas de arboleda?

El pastor, al escucharlo decir aquello, contempló prolongada y extrañadamente a Iranon, como recordando algo muy arcaico, y se fijó en cada rasgo del forastero, y en su dorado cabello, y en su corona de hojas de viña. Mas era muy anciano ya y sacudió su cabeza mientras le contestaba:

—Es cierto, extranjero, que he oído hablar de Aira y todo lo que refieres, pero su recuerdo viene de la hondura del pasado. Oí hablar de eso a un compañero de juegos, un pequeño pordiosero demenciado por raros sueños... Ese era capaz de pergeñar relatos sin fin, acerca de la luna y las flores y el viento de occidente. Acostumbrábamos mofarnos a su costa por su nacimiento, pese a que él suponía que era el primogénito de un monarca. Era buen mozo como lo eres tú, mas su mente estaba repleta de locura y de raras ideas. Dejó el paraje cuando era pequeño, buscando a aquellos que apreciaran sus cánticos y ensueños. ¡Cuántas veces entonó cánticos referidos a comarcas inexistentes, a asuntos que nunca existirán! Sin cesar hablaba de Aira y del río Nithra y las cataratas del pequeño arroyo Kra. Decía que había vivido cierta vez allí en calidad de príncipe, aunque todos sabíamos muy bien cuál había sido su genuina cuna. Nunca existió la ciudad de Aira ni aquellos que amaban sus raros cánticos, salvo en los ensueños de mi antiguo camarada de juegos. Se llamaba Iranon, y ya no se encuentra entre nosotros.

Llegado el ocaso, cuando una tras otra se iban prendiendo las estrellas, al tiempo que la luna dejaba caer sobre la ciénaga una luz parecida a la que un niño observa temblar sobre el piso cuando lo arrullan para que se duerma, un anciano vestido de astrosa púrpura y coronado con ajadas hojas de vid, ingresó en las mortíferas arenas movedizas; iba mirando hacia delante, tal como si contemplara las áureas cúpulas de una bella ciudad donde los ensueños son enteramente comprendidos... Esa noche murieron en el añejo mundo un poco de la juventud y la belleza.

La maldición que cayó sobre Sarnath

Se encuentra en la comarca de Mnar un extenso lago de aguas serenas. Ningún río lo nutre y de él no fluye ninguno. En sus riberas, 10 mil años atrás, se hallaba la imponente ciudad de Sarnath, de la que ningún vestigio llegó hasta nuestros días.

Según se refiere, en un tiempo del que no se conserva la memoria, cuando el planeta todavía era joven y ni los habitantes habían arribado a Mnar, a la vera de ese lago se elevaba otra urbe, la ciudad de Ib. Estaba construida en roca grisácea, resultaba ser tan arcaica como el mismísimo lago, y moraban en ella unos seres que no resultaba grato mirar. Eran tan raros y deformados como corresponde a criaturas de un mundo todavía en ensayo, recién comenzado a conformar. Se registró en los cilindros de arcilla de Kadatheron que los de Ib eran de un color tan verde como el lago y las nieblas que de él surgían; sus ojos estaban hinchados como sus blandos labios y que poseían unas raras orejas y no tenían voz. Asimismo quedó escrito que habían venido de la Luna, tras descender de ella mediante una extensa neblina que se posó llevando consigo además el extenso lago y la misma ciudad de Ib, la alzada en roca gris. Está comprobado que veneraban un ídolo labrado en piedra verdosa, una representación de Bokrug, el gran lagarto acuático. Ante ese ídolo concretaban sus horrendos bailes rituales, cuando la luna jorobada exhibía su cuerno doble. Y el papiro de Ilarnek señala cuándo descubrieron el fuego y que desde entonces encendieron fogatas para dotar de mayor relieve a sus ceremonias.

No queda mucho más registrado sobre ellos, porque corresponden a tiempos señaladamente arcaicos: la humanidad es joven, apenas sabe algo acerca de los tiempos primeros.

Pasados varios miles de años arribaron los hombres a la comarca de Mnar. Eran esos forasteros pastores de piel trigueña y vinieron arreando su ganado; así edificaron Thraa, Ilarnek y Kadatheron en las costas del sinuoso Ai. Determinadas tribus, más temerarias que las demás, llegaron hasta las riberas del lago y levantaron Sarnath en un emplazamiento donde el terreno estaba repleto de metales preciosos. No muy distante de Ib, la grisácea, colocaron esos nómades las iniciales piedras de Sarnath, y muy crecido fue su estupor al trabar contacto con los primigenios moradores de Ib. El asombro se mixturó con el mayor aborrecimiento, porque no deseaban que criaturas como aquellas fueran sus vecinos, particularmente al caer la noche. Igualmente les desagradó a los nómades las raras imágenes labradas en los grisáceos monumentos de Ib, porque nadie lograba hallar una explicación adecuada a la pregunta de por qué habían sido conservadas esas figuras hasta la llegada de la humanidad, de no mediar que la comarca era un oasis de paz, ubicado muy lejos de los territorios de la realidad, tanto como distante del país de los sueños.

Según los de Sarnath iban conociendo en mejor medida a los habitantes de Ib, su aborrecimiento se acrecentaba; colaboró a ello el hallazgo de que esas extrañas criaturas eran débiles y sus blandos organismos podían ser dañados con el empleo de piedras y flechas. De tal modo, cierta vez los guerreros juveniles, los que eran diestros con la lanza, la honda y el arco se dirigieron a Ib y liquidaron a todos sus moradores, tras lo cual arrojaron sus cadáveres al lago. Para no verse obligados siquiera a tocar los cuerpos, emplearon sus largas picas para empujarlos a las aguas. Dado que de igual modo detestaban los hombres esos grisáceos monumentos erigidos en Ib, asimismo los tiraron al lago, pero asombrándose del enorme trabajo que había representado arrastrar las rocas con las que fueron labrados, dado que estas venían de lejanos parajes: Mnar y sus alrededores carecían por completo de esos materiales.

Sucedió en consecuencia que ni vestigios quedaron de la arcaica urbe de Ib, salvo aquel ídolo que representaba al lagarto acuático Bokrug. Este fue transportado a Sarnath por los jóvenes, como evidencia de su triunfo sobre los dioses primigenios y los seres de Ib, así como símbolo de su victoria sobre toda la extensión de Mnar. Pero la noche siguiente a la jornada en que fue depositado en el templo de los hombres, algo espeluznante sucedió: sobre las aguas del lago se dejaron ver luces fantasmagóricas y esa mañana se vio que el trofeo ya no se encontraba donde lo habían depositado; por otra parte, el sacerdote mayor, Taran-Ish, estaba muerto, como destruido por un horror inimaginable. Previamente, el sacerdote había alcanzado a trazar sobre el altar el signo de "maldición". Lo sucedieron en el cargo numerosos religiosos, pero nunca se volvió a dar con el ídolo. Así transcurrieron varias centurias y Sarnath se volvió muy próspera: salvo los sacerdotes y las ancianas, todos se olvidaron del signo que Taran-Ish había dejado sobre el altar.

Entre Sarnath y la urbe de Ilarnek se trazó una ruta de caravana, y los metales preciosos de la comarca fueron trocados por otros, más bellísimos atavíos, gemas, libros y enseres de orfebrería, sumados a los objetos de lujo provistos por los moradores de las orillas del sinuoso Ai y allende todavía aquel río. De ese modo prosperó Sarnath, vigorosa, sapiente y hermosa, y envió ejércitos a invadir las inmediaciones. Finalmente en el trono de la floreciente Sarnath se acomodaron monarcas que regían tanto el territorio de Mnar como la mayor parte de los parajes vecinos.

Sarnath, la espléndida, maravillaba al mundo y era el orgullo de toda la humanidad. Sus muros estaban construidos con mármol pulido, proveniente de las canteras del yermo, alcanzando una altura de 130 metros y con un ancho de 35. Por el sendero que recorría sus murallas podían pasar simultáneamente un par de carretas. Su extensión era de más de 100 kilómetros y circunvalaba la ciudad, excepto la porción correspondiente al lago. Allí había un dique de roca gris contra cuya contención golpeaban las olas alzadas una vez cada año, cuando los rituales que recordaban la aniquilación de Ib tenían lugar. Poseía Sanarnath una cincuentena de calles que recorrían la distancia que mediaba desde el lago hasta el portal de las caravanas; otras tantas calles iban siguiendo un trazado perpendicular a las otras. Todas esas calles estaban recubiertas de ónix, salvo las destinadas al tránsito de caballos, camellos y elefantes, que estaban pavimentadas con granito.

Las puertas de Sarnath eran tantas como las calles que llegaban a sus muros, de bronce y flanqueadas por estatuas de leones y elefantes talladas en una piedra que hoy es cosa desconocida. Las viviendas en Sarnath estaban levantadas empleando ladrillo vidriado y calcedonia, contando con jardines cerrados por paredes y estanques de aguas transparentes. El arte empleado en su realización era raro y ninguna otra urbe mostraba algo semejante. Cuantos viajeros arribaban de Thraa, Ilarnek y Kadatheron sentían estupor al admirar aquellas fulgurantes cúpulas que las coronaban; mas todavía más espléndidos resultaban sus palacios, sus templos y los jardines mandados hacer por Zokkar, un monarca de los tiempos antiguos. Existían en el ejido de la urbe numerosos palacios y el último era de dimensiones mayores que los de Thraa, Ilarnek o Kadatheron. Tan elevados resultaron ser sus techumbres que, en ocasiones, aquellos que los visitaban suponían encontrarse bajo la bóveda del firmamento. Empero, al encender sus lámparas que contenían aceite de Dother, las murallas exhibían amplias representaciones pictóricas de reyes y ejércitos de tanta magnificencia que no se podía hacer menos que asombrarse y aterrorizarse al mismo tiempo de solo verlas.

Numerosas eran las columnas palaciegas, de mármol veteado y enteramente cubiertas de bajorrelieves de increíble hermosura. En la mayoría de los palacios los pisos eran de berilio, lapislázuli, sardónice, carbunclo y demás materiales preciosos, pavimentados con un gusto tal que parecía que quien caminaba sobre ellos lo hacía sobre setos de flores exóticas. De igual modo se encontraban allí fontanas que proveían de aguas aromáticas. Pero superaba a todos los demás el palacio real de Mnar y adyacencias. El trono reposaba sobre un par de leones de oro macizo y estaba ubicado a tanta altura que era necesario, para llegar hasta él, ascender innumerables escalones. El trono estaba tallado en un solo bloque de marfil y ya no vive ninguno capaz de indicar dónde se había conseguido una pieza de marfil de aquellas dimensiones...

Allí había también incontables galerías y anfiteatros donde leones, hombres y elefantes combatían para diversión de los monarcas; en ocasiones los anfiteatros eran inundados con agua del lago merced a poderosos acueductos y se celebraban contiendas navales o luchas entre nadadores y letales monstruos marinos. Soberbios y dignos del mayor asombro resultaban ser los diecisiete templos de Sarnath, realizados en forma de torreones, decorados con gemas brillantes y policromas, nunca vistas en otro sitio. Quinientos metros de altura tenía el más grande de ellos, y en su estructura se albergaba el sumo sacerdote, asistido con un lujo que apenas iba en zaga respecto del que era gozado por el mismísimo rey. En la planta inferior había salones tan amplios y magníficos como los palaciegos, y en ellos se apiñaba la muchedumbre que acudía a venerar a Zo-Kalar, Tamash y Lobon, las deidades mayores de Sarnath; sus altares, entre nubes de incienso, parecían tronos regios. Las imágenes de Zo-Kalar, Tamash y Lobon tampoco eran como las propias de otros dioses: su aspecto era tan vital que cada visitante podría haber dado su palabra acerca de que eran los mismos dioses barbados quienes ocupaban esos tronos de marfil. A través de escaleras sin final se arribaba a la cámara más elevada y desde ella el cuerpo sacerdotal podía admirar durante el día la urbe y las planicies y el lago, mientras que de noche la hermética luna, las esferas celestes y las estrellas, plenos de sentidos, eran reflejados en las aguas. En ese sitio se realizaba un ritual primigenio, para aborrecer al lagarto acuático Bokrug, y se guardaba el altar marcado por Taran-Ish.

Asombrosos resultaban asimismo los jardines trazados por orden del rey Zokkar, en tiempos muy lejanos: estaban ubicados en el núcleo mismo de Sarnath, abarcando amplios terrenos y circundados por una altísima muralla. Los protegía una colosal cúpula de vidrio, a cuyo través fulguraban imágenes del sol, la luna y los planetas si el tiempo no era diáfano. Durante el estío, esos jardines eran refrescados merced a una fresca brisa aromática, removida por un ingenioso mecanismo, en tanto que durante el invierno eran calentados por escondidas hogueras. Así, en ellos la primavera era constante.

Entre praderas verdes y macizos de muchas tonalidades discurrían incontables riachuelos que atravesaban otros tantos puentes. Asimismo eran tantísimas las cataratas que cortaban su pacífico recorrido y muchos los estanques circundados por setos de lirios. Por tales cauces se paseaban níveos cisnes y exóticas aves cantaban rivalizando con el murmullo acuático del lugar. Sus verdes riberas se alzaban conformando terrazas de estudiada geometría, engalanadas por aquí y por allá con rotondas y vides floridas, interrumpidas por bancas marmóreas. Asimismo se veían templos más pequeños y deliciosos santuarios donde se podía reposar u orar a las deidades secundarias.

Cada año se organizaba una festividad en Sarnath para recordar el aniquilamiento de Ib y en su transcurso circulaba abundante el vino, con canciones, danzas y juegos de todo tipo. Eran también veneradas las almas de los vencedores de las raras criaturas arcaicas. La memoria de esos seres y sus dioses era motivo de burla de los músicos y bailarines, que lucían tocados realizados con rosas de Zokkar; los reyes contemplaban el lago y maldecían los huesos de los muertos que estaban bajo su superficie.

Espléndida, allende cuanto pueda imaginarse, resultó la celebración de los mil años pasados desde el aniquilamiento de Ib. Algo más de una década se venía hablando de ella en Mnar y cuando el aniversario estuvo cercano se aproximaron a Sarnath montando en caballos, camellos y elefantes los de Thraa, Ilarnek, Kadatheron y los de cada una de las ciudades de Mnar y de las naciones sometidas más allá de sus límites. A la noche señalada, ante las murallas se alzaban los lujosos pabellones de los príncipes y las humildes tiendas de los viajeros. En la sala de banquetes el rey, Nargis-Hei, se emborrachaba con añejos vinos, producto del saqueo de Pnoth; en torno se deleitaban con manjares y bebidas los de noble cuna, mientras que iban y venían los sirvientes y esclavos.

En ese agasajo circularon exquisitos y muy elaborados platos, desde pavos reales de las remotas colinas de Implan, talones de camello del desierto de Bnaz, nueces y especias venidas de Sydathria y perlas de Mtal disueltas en vinagre de Thraa. Todo rebañado en innumerables salsas creadas por los más sutiles cocineros de Mnar, regalo para el buen gusto de los convidados más exigentes. Pero de todo aquello lo más apreciado resultaba ser la pesca obtenida del lago, peces de gran tamaño servidos en bandejas de oro con incrustaciones de rubíes y diamantes.

Mientras tanto en el interior del palacio el rey y los aristócratas continuaban con el banquete y contemplaban impacientes el plato principal, ya servido en las bandejas de oro, en tanto que otros festejaban en el exterior. En la torre del templo mayor los sacerdotes celebraban la fecha con gran bullicio y, en los pabellones fuera de las murallas de la ciudad, reían y cantaban los príncipes vecinos.

El sumo sacerdote Gnai-Kah fue el primero en avizorar las sombras que bajaban hasta el lago desde el cuerno doble de la luna jorobada y las inmundas nieblas verdosas que venían a su encuentro elevándose del lago, cubriendo de ominosa neblina las siniestras torres y las cúpulas de Sarnath, cuando su sino ya había sido escrito. Después aquellos que estaban en los torreones y fuera del ejido amurallado vieron una rara luminosidad en el agua y que Akurión, el gran peñasco gris que se levantaba en la ribera y a una enorme altura, se mostraba prácticamente sumergido. El terror creció con extrema velocidad y de modo indeterminado, de manera que los señores de Ilarnek y de la remota Rokol se apearon de sus montados, enrollaron sus enseñas y escaparon raudamente, apenas intuyendo por qué razón hacían eso.

Llegada la medianoche se abrieron intempestivamente los portales broncíneos de Sarnath y los atravesó en el acto una muchedumbre demencial que se expandió como una sombra oscura por la planicie, haciendo que todos los recién llegados, nobles o plebeyos, se diesen a la fuga. En los semblantes de esa aterrada multitud se veía pintada la locura generada por un terror inaguantable, y sus labios dejaban salir expresiones tan horrendas que ninguno de los que les prestaron oídos perdieron tiempo en confirmarlas.

Algunos alucinados por el miedo aullaban acerca de lo que habían contemplado desde las ventanas de la real sala de banquetes; según afirmaban, allí ya no estaban ni Nargis-Hei ni sus vasallos de alcurnia ni sus esclavos: solamente una cohorte de indecibles criaturas verdosas, de ojos hinchados, labios blandos, raras orejas, y eran mudos esos engendros que danzaban con espantosas convulsiones, llevando en sus garras enjoyadas bandejas de oro, de las que subían las llamas de un fuego ignoto.

Y en su escape de la ciudad de Sarnath a tomos de caballos, camellos y elefantes, los señores y los viajeros volvieron la mirada hacia lo que estaban dejando atrás y comprobaron que el lago seguía generando neblina, así como que Akurión, la enorme roca grisácea, se hallaba prácticamente sumergida. A través de todo el territorio de Mnar y comarcas vecinas se difundieron los relatos de los que habían logrado escapar de Sarnath. Las caravanas jamás volvieron a dirigirse a la ciudad maldecida ni buscaron nuevamente sus metales preciosos. Mucho tiempo pasó antes de que alguno se acercara a ella; incluso eso solamente lo hicieron los hombres más jóvenes y temerarios, de blonda cabellera y ojos azules, que relación alguna guardaban con los de Mnar. Es verdad que estos pueblos llegaron hasta el lago llevados por el anhelo de admirar Sarnath, pero pese a que vieron el sereno lago y aquel enorme peñasco llamado Akurión, no pudieron contemplar aquella maravilla, otrora orgullo de la humanidad. Donde antes se habían levantado murallas colosales y torreones altísimos entonces hallaron apenas orillas cenagosas; donde vivieron millones de personas, solamente se arrastraba un infame reptil acuático. Habían desaparecido incluso los yacimientos de materiales preciosos: la maldición se había dejado caer sobre Sarnath.

Sin embargo, casi enterrado en los juncales, pudieron avistar un llamativo ídolo de roca verdosa, una primigenia representación de Bokrug, el enorme lagarto de las aguas. Llevado luego al magno templo de Ilarnek, aquel ídolo fue venerado en todo el territorio de Mnar cada vez que el cuerno doble de la luna jorobada se dejaba ver en el firmamento.

La música de Erich Zann

Estuve revisando diversos planos de la ciudad con mucha atención, pero no volví a encontrar la Rue d'Auseil. No me limité a examinar mapas recientes, porque bien yo conozco que las denominaciones se transforman según pasa el tiempo. De modo opuesto, me aboqué plenamente a investigar en el pretérito de esta urbe y a explorar cada rincón de ella, independientemente de cuál fuera su nombre, para comprobar si correspondía o no a la que otrora yo conocí como Rue d'Auseil. Empero y pese a todos mis trabajos, sigue siendo muy frustrante no haber logrado ubicar la vivienda aquella, donde —en el curso de mis postreros meses de existencia miserable en calidad de estudiante universitario de metafísica— presté oídos a la música de Erich Zann.

Que no me sea leal la memoria no es algo que me cause mayor sorpresa, porque mi salud mental y física se tornó severamente perturbada mientras permanecí en la Rue d'Auseil; si lo recuerdo bien, jamás le pedí a un amigo que me visitara allí. Mas que no logre identificar ese sitio es cosa rara y además me confunde, porque se hallaba a treinta minutos de marcha a pie desde la universidad y se caracterizaba por unos pormenores que nadie que hubiese pasado por ella podría olvidar. En definitiva, que nunca di con algún otro que haya visitado la Rue d'Auseil.

La Rue d'Auseil se hallaba al otro lado de un tenebroso río rodeado de almacenes de ladrillo edificados en pendiente, con los vidrios invariablemente empañados. Uno ingresaba en ella atravesando un sólido puente edificado en piedra, ya entonces ennegrecida. Era siempre oscuro el caudal de aquel río, tal como si el hollín venido de las fábricas del vecindario no permitiera nunca que llegaran hasta él los rayos solares. A ello se sumaba que esas aguas dejaban oler un hedor que nunca más volví a tener que soportar; ese rasgo quizá contribuya a que mañana, alguna vez, logre dar con esa calle, porque podría reconocerlo enseguida. Allende el puente se veían una cantidad de calles pavimentadas de adoquines y con carriles. Pasado ese tramo comenzaba la subida. Esta era pausada en un comienzo, pero tenía un ángulo inconcebible llegando a la altura de la Rue d'Auseil.

Nunca más vi una calle más estrecha y con mayor pendiente que aquella. Se hallaba clausurada en la Rue d'Auseil la circulación sobre ruedas y era prácticamente un precipicio en ciertos sectores, con áreas de escaleras que acababan en la cima en una formidable muralla que cubría la hiedra. En cuanto al pavimento, no era regular. En ocasiones era de piedra, en otras de adoquines y en ciertas secciones consistía en mera tierra, inclusive con afloramientos de plantas verdosas y grisáceas. Las casas elevadas, con sus techumbres agudas, sorprendentemente arcaicas, se inclinaban con aire casual hacia un lado o el otro. De vez en vez se podía observar un par de viviendas frente con frente y además inclinadas hacia adelante; así, prácticamente conformaban una arcada en mitad de esa vía y por supuesto, era escasísima la iluminación debajo de ella. Entre las fachadas de una y otra vereda se veían algunos puentes tendidos a buena altura.

En lo que hace a los moradores del vecindario, ellos generaban en mí una muy rara sensación. En un comienzo creí que ello se debía a su índole silente e introvertida, mas luego se lo endilgué a su condición común de tener una avanzada edad. Ignoro cómo terminé viviendo en un sitio como ese, aunque no fui el único que se mudó a esa calle.

Hasta entonces yo había habitado en varios lugares estropeados, y fui desalojado de ellos invariablemente por no poder solventar el alquiler, hasta que un día me llevé por delante esa vivienda a medias deteriorada de la Rue d'Auseil, la que cuidaba un lisiado de nombre Blandot. Era la tercera fachada mirando desde la parte superior de la calle, y la más elevada de todas.

Mi cuarto estaba en el quinto piso y era el único habitado la planta, porque la casa estaba casi desierta. Cuando llegué era de noche y escuché una música extraña viniendo del ático que tenía exactamente encima de mi techo. Al día siguiente interrogué al viejo Blandot por el ejecutante de aquella música y mencionó el vejete que era un anciano violinista alemán, mudo y bastante extraño, de nombre Erich Zann, uno que cada noche formaba parte de una pequeña orquesta de teatro. Blandot agregó que aquella costumbre de Zann, la de tocar por la noches al volver del teatro, era la razón que había tenido para mudarse a ese elevado y solitario desván, cuyo ventanal era el único sector desde el cual podía avizorarse dónde culminaba la muralla en pendiente y el paisaje allende esta. Desde entonces escuché a Zann cada noche y pese a que su música me mantenía despierto, había algo raro en ella y muy perturbador. Aunque poco y nada sé de música, estoy persuadido de que ninguna de las piezas que ejecutaba tenía relación con cuando yo escuché hasta aquel momento. Mi conclusión al respecto fue que me hallaba ante un creador de mucho genio. Más escuchaba sus composiciones, y en mayor medida me sentía atraído por ellas; no pasó un semana que ya había decidido conocer a ese viejo maestro.

Cierta noche, retornando Zann del teatro, intercepté su marcha en el rellano de la escalera y le dije que me encantaría conocerlo y acompañarlo mientras ejecutaba sus piezas. Era de estatura reducida, flaco y encorvado; su atuendo era gastado y sus ojos azules; tenía una expresión a medias grotesca y a medias irónica y era casi totalmente calvo. Su manera de reaccionar ante mis expresiones resultó ser violenta, en vez de miedosa; de todos modos mi tono amistoso terminó por serenarlo y mal que mal me indicó que fuera con él por la deteriorada y tenebrosa escalerita que conducía al ático. Su cuarto –era uno del par que dividía aquel desván de cielorraso inclinado– tenía orientación oeste, en dirección hacia la muralla que era el extremo superior de la calle. La habitación era grande y lo parecía más todavía merced a la falta de mobiliario y la dejadez de su aspecto. Había allí apenas un delgado armazón de cama, un descascarado lavamanos, una pequeña mesa, una estantería grande, un atril y un trío de sillas viejas. Desparramadas por el piso se veían partituras en gran número. Los muros carecían de revoque y seguramente no lo habían tenido nunca; asimismo, tanto polvo y tantas telas de araña se veían por todas partes, que el sitio parecía más abandonado que otra cosa. En definitiva, el hermoso universo de Erich Zann seguramente existía solo en un lejano punto de su imaginación.

Haciéndome señas de que tomase asiento, el viejo y silente vecino cerró la puerta, trabó la cerradura y prendió una candela para incrementar la iluminación que brindaba la vela que había traído consigo. Luego extrajo su violín de un estuche deteriorado y se sentó en la silla que parecía ser más cómoda. No hizo uso en absoluto del atril, pero sin brindarme mayor alternativa y ejecutando de memoria, me obsequió por algo más de una hora con piezas que indudablemente eran suyas. Intentar describir su precisa índole es cosa imposible de concretar, para alguien como yo, un lego en materia musical. Parecía aquello una suerte de fuga, con secuencias que se repetían de un modo ciertamente fascinante, mas en particular para mí por la falta de las raras notas que antes había escuchado desde mis aposentos.

Tales arreglos musicales se resistían obsesivamente a abandonar mi mente y hasta los tarareaba y silbaba para mí mismo, careciendo de exactitud, de manera que cuando el viejo dejó quieto su arco le supliqué que ejecutara aquellas piezas. Apenas me escuchó, su arrugada y grotesca cara dejó de lado su expresión bondadosa y ausente, la que había acompañado toda esa función, y pareció adoptar esa llamativa mixtura de cólera y miedo que yo había visto la primera vez que me puse en contacto con él.

Por un instante quise apelar a mi poder de persuasión, pasando por alto lo que supuse un antojo característico de la senectud; incluso intenté exaltar el ánimo de mi anfitrión al silbar ciertos compases de los escuchados la noche anterior. Sin embargo, me tuve que callar enseguida, porque cuando el músico silente identificó la melodía, su semblante se retorció súbitamente y adoptó una expresión que no puedo describir, mientras que, levantando su prolongada, gélida y huesuda mano, me obligaba a cerrar la boca y discontinuar mi rústica imitación. Haciendo aquello confirmó nuevamente su singularidad, porque echó un vistazo lleno de expectativa hacia la exclusiva ventana provista de cortinado, como si tuviese miedo de que apareciera algún intruso.

Era una mirada dos veces descabellada: el ático estaba ubicado muy destacadamente por sobre la línea de los techos de los alrededores, por lo que era imposible de abordar. Asimismo, según lo referido por el conserje, aquel ventanal era el único sector de la calle en pendiente desde el que se podía avistar la cima por sobre la muralla.

Esa mirada del anciano trajo a mi memoria lo dicho por Blandot, y quise repentinamente satisfacer mis ganas de contemplar el vasto y empinado panorama de los techos bajo la luz de la luna y las luces ciudadanas que se extendían allende la cima de la calle. Ese era el privilegio de aquel músico amargado, entre todos los que vivíamos en la Rue d'Auseil. Me aproximé al ventanal y ya estaba por descorrer esas cortinas imposibles de describir cuando mi silencioso vecino se arrojó sobre mí, con tanta violencia y pánico como no había demostrado hasta entonces. Al tiempo, me indicó con gestos dónde estaba la puerta y se aplicó a intentar alejarme inmediatamente de allí.

Entonces, ya definitivamente enojado, le demandé soltarme y le dije que no seguiría un segundo más allí. Al comprobar cuán ofendido y encolerizado me encontraba, me liberó al tiempo que se fue tranquilizando. Tornó a aferrarse de mí, mas entonces amistosamente y me llevó a tomar asiento. Después, con expresión reconcentrada, se aproximó a la mesa en desorden, tomó de ella un lápiz y escribió con él, empleando un francés forzado y muy característico de un extranjero.

Cuando me pasó su nota comprobé que era un ruego y que pedía comprensión y disculpas. Zann se describía como un viejo solitario, atormentado por raros miedos y problemas nerviosos en relación con su arte, así como otros dilemas. Le agradaba en grado sumo que yo escuchase sus obras y quería que retornara otras veces, sin tomar en consideración sus extravagancias. Mas decía también que no podía ejecutar para otros sus raros compases ni aguantar que alguno tocase en su cuarto.

Hasta que habíamos hecho contacto en la escalera, el anciano ignoraba que yo podía escuchar sus ejecuciones desde mi cuarto, y me suplicaba que le pidiese a Blandot que me cambiara de aposento a uno ubicado en un piso inferior, donde no pudiese yo escucharlo. La diferencia en cuanto a la renta la abonaría de su bolsillo...

Mientras intentaba comprender el deplorable francés de su misiva, mi piedad hacia aquel infeliz se iba incrementando. Él, como yo, era víctima de desequilibrios de índole tanto física como nerviosa; mis estudios metafísicos me había preparado para comprender que en tales casos era fundamental mostrarse comprensivo. En medio de tal mutismo se escuchó un sordo ruido que venía de la ventana, seguramente sacudida por el viento de la noche. Por algún factor ignoto ello me alteró tanto como a Erich Zann; cuando logré terminar de descifrar la misiva, estreché su mano y abandoné su desván, suponiéndome ya su amigo.

Al día siguiente Blandot me cambió a un cuarto algo más costoso, ubicado en la tercera planta, entre la habitación que ocupaba un viejo usurero y la de un honesto tapicero. En lo que se refiere al cuarto piso, se hallaba desierto.

No demoré en comprender que el interés evidenciado por Zann en cuanto a gozar de mi compañía no era aquello que yo había supuesto cuando me convenció de cambiar de piso. Jamás me invitó nuevamente a visitarlo y cuando yo, de todas maneras, iba a verlo, el viejo me recibía disgustado y tocaba con desgano. Nuestros encuentros se producían invariablemente durante la noche, porque durante el día el músico dormía y no recibía a nadie.

Mi aprecio no se incrementó y pese a que al parecer ese ático y la rara música que ejecutaba Zann tenían un singular poder sobre mí. No había dejado mi mente el deseo, carente de toda discreción, de otear por aquel ventanal y comprobar qué cosa había por encima de la muralla y abajo, en esa inescrutable pendiente con los techos rutilantes y los capiteles que seguramente se podría admirar desde aquel punto privilegiado.

En determinada oportunidad ascendí al desván en el mismo horario de la función teatral de Zann, mas antes de irse el viejo había cerrado la puerta con llave. Lo que sí logré hacer fue escuchar las ejecuciones nocturnas del anciano silente: al comienzo me dirigía en puntas de pie hasta mi anterior quinto piso y pasado un tiempo hasta me animé a subir el postrer y crujiente sector de las escaleras que conducían hasta el ático. En ese sitio, en aquel estrecho descanso de la escalera, al otro lado de la puerta cerrada que tenía tapado el agujero de la cerradura, logré oír con alguna frecuencia melodías que me produjeron un difuso temor, relacionado con algo impreciso y enigmático que nos está acechando... No se trataba de que los sonidos fueran horrendos -definitivamente no lo eran- sino que sus vibraciones no guardaban semejanza con nada de este mundo; por momentos poseían una densidad sinfónica que arduamente podía suponerse venida de la labor de un solitario ejecutante. Indudablemente Erich Zann era un genio de incomparable talento. Según transcurrían las semanas las interpretaciones fueron volviéndose más frenéticas, y el rostro del anciano fue tomando una apariencia cada vez más demacrada y taciturna, que ameritaba sentir por él la máxima piedad. Para entonces ya no me permitía visitarlo, independientemente del momento en que llamase a su puerta, y cada vez que estábamos por cruzarnos en la escalera, él me evitaba.

Cierta noche, cuando yo estaba ocupado escuchando detrás de su puerta, oí al chirrido del violín extenderse hasta generar una caótica mezcolanza sonora, un pandemónium que me habría llevado a dudar de mi propio razón si desde el otro lado de la puerta no hubiese llegado hasta mí una lastimosa demostración de que aquel espanto era cosa genuina. Se trató del horrendo alarido que exclusivamente puede producir la garganta de un mudo, el que solamente se eleva cuando son imparables el terror y la angustia.

Golpeé su puerta varias veces, sin ninguna respuesta; después esperé en el tenebroso descanso de la escalera, tembleuqeando de pánico y de frío, hasta el momento en que escuché los sordos trabajos del infeliz anciano por erguirse del piso apelando al apoyo de una de las sillas. Suponiendo que estaba volviendo a la conciencia después de desmayarse, torné a golpear a la puerta mientras que me identificaba en vos alta para serenarlo. Oí que Zann se tambaleaba hasta aproximarse a la ventana, cerrar las cortinas y también el bastidor. A continuación siguió su avance vacilante hacia la puerta, la que abrió como pudo para permitirme ingresar. Entonces resultaba evidente que le complacía verme: su semblante transfigurado daba señales de alivio al tiempo que recibía mi abrigo, tal como procedería un chico que se encontrara sobre las rodillas maternas.

Víctima de un temblor lamentable, el viejo me indujo a tomar asiento mientras que él hacía lo propio, sobre una silla cercana a donde se veía su violín y el arco arrojados al piso. Por un rato estuvo Zann muy quieto, apenas moviendo de un modo raro su cráneo, mas dando la contradictoria impresión de estar escuchando con la mayor atención y muy asustado. Luego me pareció que cobraba ánimos y sentándose junto a la mesa redactó un corto mensaje, que me facilitó... Después volvió a consagrarse a la redacción de otro, sin pausa y ansiosamente.

En su misiva me suplicaba que por piedad no me incorporara de mi silla hasta que él culminara de dejar sobre el papel, en alemán, un minucioso reporte acerca de los sucesos y horrores que asolaban su espíritu.

Tomando esto en cuenta, seguí sentado al tiempo que el lápiz del viejo mudo recorría el papel: aquello se prolongó durante una hora y yo seguía aguardando, mientras las páginas se sumaban bajo su mano. Súbitamente Zann se detuvo, tal como si algo lo hubiese sacudido vigorosamente. No había ningún malentendido: miraba al ventanal con el cortinado corrido, escuchando y temblando al hacerlo. Después supuse escuchar algo, que entonces no resultó espantoso sino todo lo opuesto: parecía una nota musical incalculablemente baja y remota, tal como si viniese de un ejecutante presente en alguna parte del vecindario o en una casa ubicada más allá de la formidable muralla por encima de la que nunca logré atisbar. Ese sonido generó en Zann algo tremendo: arrojó su lápiz, se incorporó bruscamente, tomó su instrumento y se consagró a la más frenética ejecución que realizó jamás desde que comencé a escucharlo, salvo cuando lo hacía yo desde el otro lado de la puerta cerrada.

Era infructuoso probar de referir lo que interpretó Erich Zann durante esa horrorosa velada: era inenarrablemente más espantoso que todo lo anterior, porque entonces podía ver la expresión de su cara y advertía que la razón estribaba en el terror llevado a su máximo punto. Intentaba generar sonidos para alejar o hacer callar a alguna cosa –no podría señalar qué– pero de todas maneras debía ser espeluznante.

Su interpretación tomó un matiz fantasmagórico, pleno de histeria, delirante, mas sin perder en el camino una sola de las geniales características tan propias de ese anciano tan fuera de lo común. Pude identificar cuál era esa melodía: una fervorosa danza húngara, muy popular en la escena, y por un instante concluí que esa era la vez primera en la que yo lo escuchaba interpretando a otro compositor.

En un tono cada vez más elevado y exasperado, subía y subía el chirriante y lastimoso violín. El viejo emitía unos rarísimos ruidos mientras respiraba y se contorsionaba simiescamente, sin dejar ni por un instante de mirar aterrorizado al ventanal que tenía corrido su cortinado. En esos furiosos compases suponía yo entrever tenebrosos faunos y frenéticas bacantes que danzaban girando como poseídos en simas repletas de humaredas y relámpagos. Después creí escuchar otra nota, dotada de una mayor estridencia y más extendida... Esa no venía del violín. Era algo pausado, intencional y burlón, proveniente de algún remoto sitio del oeste.

Entonces la persiana comenzó a rebatir vigorosamente merced al viento nocturno que corría con fuerza en el exterior, como una respuesta a la furibunda música del interior de la habitación. El chirriante violín de Zann superó su marca anterior y lanzó unos sonidos inimaginables. La persiana trepidó todavía más poderosamente sacudida, se soltó de sus amarras y comenzó a golpear con potencia la ventana. El vidrio se hizo pedazos, permitiendo que irrumpiese en la estancia una gélida corriente que arrancó chispas de las candelas y volaran las cuartillas de la superficie de la mesa.

Le eché un vistazo a Zann y confirmé que estaba absolutamente embargado por su labor: sus ojos lucían tremendamente inflamados, se mostraban vidriosos y ausentes, y la furiosa música se había convertido en una bacanal de ritmo irreconocible y automático, algo que ninguna pluma podría describir. Una súbita ráfaga, todavía más vigorosa, se apoderó de lo escrito por el anciano y lo llevó hacia la ventana; desesperado, me lancé detrás de esos papeles que volaban por el cuarto, mas fue inútil y la corriente de aire se los llevó consigo antes de que atinara yo a llegar hasta la ventana. Entonces rememoré mi anhelo de observar por esta, la única en toda la Rue d'Auseil que permitía ver del otro lado de la muralla. Las tinieblas eran absolutas, mas las luces urbanas seguían encendidas toda la noche y yo aguardaba verlas pese a la borrasca. Sin embargo, cuando observé desde el ventanal del ático, al tiempo que las candelas chisporroteaban y el violín enloquecido competía con el frenético ventarrón que azotaba la noche, no vi ningún paisaje urbano ni el fulgor de luces callejeras. Solamente vi la oscuridad espacial e ilimitada, un espacio pleno de música y movimiento, sin ninguna semejanza con algún otro sitio terrestre. Al tiempo que yo seguía allí, contemplando horrorizado aquel espectáculo indescriptible, el viento cegó las velas que iluminaban el añejo ático, dejando todo inmerso en las más bestiales y completas tinieblas.

Ante mí no había otra cosa: solamente el caos y el mayor pandemónium. Detrás de mí, la diabólica locura de aquel enfebrecido violín.

Dando tumbos retorné al tenebroso resguardo del cuarto: sin posibilidad de prender un fósforo tropecé con una de las sillas y luego avancé a ciegas hasta el sector desde donde llegaban hasta mí los aullidos y esa música indescriptible. Tenía que probar huir de allí con Erich Zann, fuesen las que fuesen las potencias que debiera afrontar. En determinado instante creí percibir que una cosa helada me rozaba y no pude reprimir un alarido aterrorizado, enseguida ahogado por la melodía horrenda del violín.

Súbitamente, en mitad de esas tinieblas me tocó el arco que no paraba de lastimar el encordado, lo que me confir-

mó que me hallaba junto al viejo. Así fui tanteando hasta
rozar el respaldo de la silla de Zann; entonces lo palpé y
lo sacudí de los hombros, deseando poder devolverlo a la
razón.

Mas Zann no respondió, y mientras el violín proseguía
chirriando sin intención de detenerse, coloqué mi mano
sobre su cráneo... Pude así detener su mecánica inclinación
y le grité en el oído que debíamos huir de esos desconocidos misterios de la noche; mas no obtuve mayor respuesta ni Zann aminoró su música frenética. Mientras tanto
unas raras corrientes de aire iban de un extremo a otro
de la estancia en mitad de la oscuridad y el desorden que
dominaban el sitio. Un escalofrío me recorrió cuando pasé
mi mano por su oído, aunque no sabría precisar por qué
razón... no lo comprendí hasta que no palpé su semblante inmóvil, esa cara gélida, estirada, sin señal alguna de
aliento, cuyos vidriosos ojos sobresalían fútilmente en el
vacío. Entonces, después de dar por mera casualidad con
la puerta y el cerrojo de madera, me alejé apurado de ese
ser de vidrioso mirar, que moraba en la oscuridad. Salí a
todo escape, huyendo de los horrendos compases de ese
instrumento maldito, mientras su furiosa ejecución parecía
incrementarse con mi huida.

Brinqué y pude conservar el equilibrio; luego atravesé
como volando las escaleras infinitas de esa edificación
tenebrosa, y me arrojé corriendo sin dirección determinada por la estrecha, empinada y arcaica calle. Como un
suspiro bajé los escalones y atravesé el pavimento de adoquines, hasta dar con las callejas de la porción inferior y
el apestoso y encerrado curso de agua. Respirando como
podía, atravesé el enorme y oscuro puente que lleva a las
vastas y salutíferas vías y bulevares que tanto conocemos.
Esas son tremendas sensaciones y me seguirán hasta la
misma tumba. Lo recuerdo bien: esa noche no soplaba el
viento ni se veía la luna. Todas las luces urbanas estaban
brillando.

Pese a mis insistentes investigaciones, me resultó imposible dar con la Rue d'Auseil, aunque no lo lamento en exceso, sea por lo anterior o por el extravío en impensables simas de esas cuartillas, escritas apretadamente y que solo la música de Erich Zann podía explicar.

El navío banco

Me llamo Basil Elton, soy el guarda del faro de la Punta Norte, aquel que mi padre y también mi abuelo cuidaron antes. Lejos de la costa, la torre grisácea se erige sobre rocas sumergidas y tapizadas de musgo; estas emergen cuando baja la marea, volviéndose invisibles cuando sube. Ante el faro llevan una centuria navegando buques magníficos, venidos de los siete mares; en la época de mi abuelo eran numerosos y ya en tiempos de mi padre su número había descendido. Hoy es tan escaso su tránsito que en ocasiones siento a tal extremo la soledad, como si fuera yo el único humano sobre la Tierra.

Desde lejanos puertos venían esos navíos blancos, del remoto Oriente, donde el sol brilla tórrido y se expanden las dulzonas fragancias a través de raros jardines y jubilosos templos. Los antiguos capitanes visitaban repetidamente a mi abuelo para narrarle estos asuntos. Mi abuelo se los transmitía a mi padre y de él los escuchaba yo, durante las prolongadas noches otoñales, mientras el viento esteño bramaba pleno de misterios. Posteriormente leí sobre estos temas y muchos otros, en volúmenes que me obsequiaban cuando era un chico y todo lo extraño llamaba mi atención.

Sin embargo, más llamativo que el saber de los ancianos y los libros resulta ser el conocimiento oculto del mar. Azul, verdoso, grisáceo, níveo u oscuro. Sereno, batido o erizado, jamás guarda silencio y toda mi existencia lo estuve mirando y escuchando. Al comienzo solamente me relataba simples historias acerca de playas serenas y pequeños muelles, mas con el paso del tiempo se tornó el océano mi amigo en mayor medida y me narró otros asuntos más raros, de materia más extraña y remota, tanto en el tiempo como en el espacio. En ocasiones, al caer la tarde, los grisados vapores del horizonte se abren y me obsequian efímeras visiones de las rutas que se extienden allende el panorama. En otras oportunidades, durante la noche, las hondas aguas marinas se tornaron traslúcidas y brillantes, posibilitando que yo avizorase cuanto está en su seno. Dichas visiones correspondían tanto a las rutas antes existentes como a las que quizás existieron, de igual modo que a las hoy presentes. Es que el mar es anterior a las montañas y lleva consigo la memoria y los ensueños del tiempo.

El navío blanco acostumbraba venir del rumbo sur, con luna llena y muy alta en el firmamento; venía del sur, y se deslizaba tranquilamente sobre la superficie oceánica, se hallara esta en calma o erizada, con viento a favor o en contra... Pasaba silente y calmadamente, con su remoto velamen y su extensa y rara hilera de remos, de acompasado movimiento. Cierta noche avisté a un individuo sobre la cubierta, muy abrigado y barbado: al parecer, gesticulaba indicándome que subiese a bordo, para dirigirme en su compañía hacia costas ignotas. Posteriormente fueran numerosas las veces que volví a divisarlo, siempre a la luz de la luna llena, haciéndome invariablemente iguales señas.

La luna brillaba cuando respondí a su llamado, y recorrí el puente que los rayos lunares trazaban sobre las aguas, hasta el navío blanco. El sujeto en cuestión pronunció algunas palabras de bienvenida en un idioma suave, uno que yo parecía comprender, y las horas se llenaron con las dulzonas melodías de los remeros, al tiempo que nos alejábamos hacia el enigmático sur, dorado por la luna llena.

Llegado el día, sonrosado y pleno de luz, admiré el verdoso litoral de unos territorios remotos y bellos, absolutamente desconocidos; desde el océano se levantaban soberbias terrazas de verdura, manchadas de árboles, y de este estos asomaban por un sitio y el otro fulgurantes techumbres y las níveas columnatas de unos raros templetes. Al aproximarnos a esa costa imponente, el sujeto de barba se refirió a esa comarca como la tierra de Zar, allí donde viven los sueños y los hermosos pensamientos que acuden a los hombres una sola vez, para ser posteriormente arrojados al olvido. Cuando me di vuelta nuevamente para admirar esas terrazas confirmé que era cosa cierta, porque en medio de las visiones que tenía frente a mí había muchas cosas que antes había entrevisto en la neblina que abarca más allá del horizonte y se expande en la hondura de los mares. Asimismo contenía aquello formas y fantasías tan magníficas que superan a cuantas ya conocía: las correspondientes a los poetas juveniles que fallecieron en la miseria, previamente a que el mundo se enterara de cuanto habían soñado. Mas no hollamos las praderas en declive de la tierra de Zar, porque se afirma que el que se anime a hacerlo no volverá nunca más a su país de nacimiento. Cuando abandonaba esas comarcas y sus templos el navío blanco, fue que avizoramos en el remoto confín del horizonte las agujas de una ciudad; entonces me comentó el hombre de barba: *"Esa es Talarión, la de las mil maravillas, donde viven los misterios que la humanidad probó sin resultados comprender"*.

Miré otra vez, ya más de cerca, y comprobé que era la urbe de mayor tamaño de cuantas yo había conocido o ensoñado. Las agujas de sus templos se perdían en el firmamento, de modo que ninguno podía distinguir sus extremos. Mucho más allá del horizonte se abrían las murallas grisáceas y tremendas, por sobre las cuales unos tejados oscuros y siniestros se dejaban ver, engalanados con lujosos frisos y fascinantes monumentos. Me asaltó un fuerte anhelo de ingresar en esa urbe irresistiblemente atrayente y repelente al mismo tiempo; entonces le rogué al hombre de barbas que me permitiese tomar tierra en el muelle, vecino a la inmensa puerta labrada de Akariel; mas él se negó cortésmente, arguyendo: *"Muchos entraron a Talarión, la de las mil maravillas, y ninguno volvió de allí. La habitan exclusivamente seres diabólicos y entes no humanos. Sus avenidas están blanqueadas por las osamentas de los que vieron el fantasma de Lathi, que gobierna la ciudad"*.

De tal modo el navío blanco prosiguió su periplo, cruzando frente a los muros de Talarión; y durante numerosas jornadas días siguió a un ave con rumbo sur, cuyas fulgurantes plumas rivalizaba con el firmamento.

Así arribamos a una serena playa plena de multicolores flores, donde hasta el punto donde alcanzaba la vista había fascinantes bosques entibiados por el sol. De ellos surgían canciones de maravillosa melodía, salpicadas por un reír liviano, tan encantadoras, que animé a los que remaban a redoblar sus esfuerzos. El barbudo nada dijo, mas me miró prolongadamente al tiempo que nos aproximábamos a la playa cuajada de lirios. Súbitamente principió a soplar un viento sobre las planicies y las frondas, trayendo un olor estremecedor. Mas el viento se incrementó y todo se llenó con el hedor a muerte, putrefacción, pestilencia, a osario abierto. Al tiempo que dejábamos a toda prisa esas playas de maldición, el barbudo dijo: *"Se trata de Xura, el paraje de los placeres que nunca se alcanzaron"*.

De tal manera y nuevamente, el navío blanco siguió su rumbo tras el pájaro que cruzaba sobre mares bienaventurados y tibios, recorridos por brisas perfumadas y livianas. Nuestra navegación era tanto nocturna como diurna y cuando la luna llena se dejó ver, dulce como la noche remota en que dejé mi país de nacimiento, oímos las suaves canciones que entonaban los hombres de remo. Finalmente arrojamos amarras, bajo las luces de la noche, en los muelles de Sona

Nyl, resguardados por los peñascos mellizos y hechos de cristal que surgen del océano para unirse conformando una arcada magnífica. Se trataba el País de las Fantasías: descendimos a su playa verde a través de un puente áureo que fue tendido por los rayos lunares.

En Sona Nyl no existen el tiempo o el espacio, el padecer ni la muerte. Viví en ese sitio durante numerosas centurias y digo que verdes son sus bosques y la hierba, así como vivas y delicadas las flores, azules y musicales los arroyuelos, claras y refrescantes las fontanas, magníficos e imponentes los templos, los castillos y las ciudades de Sona Nyl. No se encuentra uno con fronteras en esas comarcas, dado que más allá de cada bello paisaje se da con otro que lo es más. A través de la campiña, por las esplendorosas urbes, la gente se mueve a su capricho y dichosa, dotada de una gracia sin límites y una felicidad sin mácula. Durante las varias eras en que viví allí, yo vagué dichoso por jardines donde se dejan ver pagodas sin igual, entre agradables setos de arbustos, y donde los níveos paseos están bordeados de flores. Ascendí las onduladas colinas y desde esas cumbres admiré fascinantes y hermosos paisajes, con poblados abrigados por verdes hondonadas y urbes plagas de doradas y formidables cúpulas que fulguran en el horizonte infinito. Bajo el brillo lunar admiré el refulgente océano, sus elevaciones cristalinas y el muelle sereno donde descansaba el navío blanco.

Cierta noche del recordado año de Tharp, observé cómo contrastaba contra la luna llena la forma del pájaro celeste, que me llamaba, y sentí la inicial intranquilidad... En ese momento conversé con el hombre barbudo, refiriéndole mis novedosos anhelos: visitar la lejana Cathuria, nunca vislumbrada por la humanidad, pese a que todos suponen que se halla pasando las columnas basálticas occidentales. Constituye el País de las Esperanzas y en él refulgen las ideas perfectas de todo aquello que conocemos. Como mínimo eso es lo que se dice de Cathuria. Empero el barbudo argumentó: *"Debes tener cuidado de ese océano tan peligroso, allí donde refieren que se halla Cathuria. En Sona Nyl no existe el dolor, tampoco la muerte. Mas, ¿quién sabe qué hay allende las columnas basálticas occidentales?".*

Cuando volvió a dejarse ver la luna llena torné a abordar el navío blanco y dejé atrás, en compañía del hombre de barbas, aquel muelle dichoso, hacia los mares desconocidos.

El ave del cielo se nos adelantó con su vuelo, conduciéndonos hacia las columnas de basalto occidentales, mas entonces los remeros no cantaron dulces canciones... Me imaginaba muy seguidamente el ignoto país de Cathuria con magníficas frondas y palacios, preguntándome qué nuevos esplendores me esperaban. Me decía a mí mismo: *"Cathuria es el sitio donde viven las deidades, el país de incontables urbes áureas. Son sus frondas de aloe y sándalo, así como los de Camorin; entre sus árboles trinan gentiles aves. En las verdes y floridas cordilleras de Cathuria se levantan templetes de rosado mármol, plenos de hermosura, con pinturas y esculturas y refrescantes fontanas donde rumorean fascinantes las aguas del río Narg, que surge de una caverna. Las urbes, en Cathuria, poseen murallas doradas y están pavimentadas de oro. En sus jardines crecen raras variedades de orquídeas y se encuentras lagos aromáticos con cauces de coral y ámbar. Cada noche sus calles y jardines son iluminados con linternas hechas con caparazones multicolores de tortugas, retumban las delicadas canciones y es tañido el laúd. Las viviendas son palacios, levantados en las cercanías de un canal que conduce el caudal del sacro río Narg. Las casas están hechas de mármol; sus techumbres son de brillante oro y reflejan los rayos solares, realzando la magnificencia de las urbes que los dioses dichosos admiran desde los lejanos peñascos. El más bello edificio es el palacio del gran rey Dorieb, de quien se dice que es un semidiós, mientras que otros juran que es directamente un dios. Alto es su palacio, numerosos sus torreones marmóreos, elevados sobre sus muros. En sus inmensas salas se congregan muchedumbres y de sus paredes cuelgan galardones de todos los tiempos. Su cielorraso fue realizado en oro puro y lo sostienen columnas tachonadas de rubí y de azur, con esculpidas figuras de deidades y héroes. Quien las mira a esas alturas supone contemplar un Olimpo viviente. El piso del palacio es de cristal: de debajo él brotan, iluminadas con destreza, las aguas del Narg, festivas y con peces de vivos colores, los que no son conocidos allende los límites de la fascinante Cathuria".*

Interiormente eso decía yo acerca de Cathuria, mas el hombre barbudo invariablemente me decía que retornara a las playas benditas de Sona Nyl, porque ellas son conocidas por la humanidad, en tanto que Cathuria nunca recibió a nadie.

Llevábamos treinta y un jornadas detrás del ave celestial, cuando pudimos admirar las columnas basálticas occidentales. Ninguno podía atisbar allende ese punto ni avizorar sus cimas, y es por ello que refieren que alcanzan el firmamento. Entonces el barbudo me rogó otra vez que retornara. Yo no le presté atención pues, viniendo de allende las columnas basálticas, creí escuchar a los cantores y los ejecutantes del laúd, con melodías de mayor dulzura que las de Sona Nyl, refiriendo mis propias alabanzas, el elogio de uno proveniente del plenilunio y que vivían en el país de lo ilusorio. Entonces el navío blanco continuó su rumbo hacia esos cánticos maravillosos y se introdujo en la niebla que era dueña de las columnas basálticas occidentales. Cuando dejó de oírse la música y se difuminó la neblina no avistamos Cathuria, solamente un tempestuoso océano, en mitad del cual nuestro buque rumbeaba hacia un derrotero ignoto. A poco escuchamos el distante retumbar de una catarata y surgió ante nosotros, abarcando el horizonte, la fenomenal espuma de una titánica cascada, donde todos los mares caían hacia las simas de la nada. En esa instancia, el barbudo me dijo llorando: *"Desdeñamos la hermosa tierra de Sona Hyl, y ya jamás volveremos a ella. La grandeza de las deidades es mayor que la de la humanidad y ha triunfado".*

Cerré mis ojos frente a la inevitable caída y dejé de observar al pájaro celeste que mofándose agitaba su plumaje azul sobre el borde de la cascada. Nos sumergimos en la oscuridad y escuché aullar a los hombres y también a seres que carecían de esa condición. Los tempestuosos vientos esteños se pronunciaron y el frío me atravesó, acuclillado sobre la losa mojada que se había levantado bajo las plantas de mis pies. Entonces escuché una nueva explosión, abrí mis ojos y observé que me encontraba sobre la plataforma del faro, de donde me había ido hacía incontable tiempo. Debajo, en las tinieblas, todavía se apreciaba la difusa forma, inmensa, de un navío que se hacía trizas contra la ferocidad de las rocas. Cuando me asomé a esas oscuridades hallé que el faro por vez primera había extinguido su luminaria, desde los años en que el padre de mi padre lo había tomado bajo su cuidado.

Cuando ingresé en la torre, para la postrera guardia nocturna, observé el calendario en el muro y se encontraba tal cual lo había dejado al irme. Esa mañana descendí de la torre y busqué cuanto había quedado entre las piedras de aquel naufragio: apenas un ave muerta, de plumas azules como el firmamento, más un mástil hecho añicos, en mayor medida níveo que la espuma del mar o que la nieve de las montañas. Tras todo eso, ya el océano no me contó nada más y a pesar de que la luna iluminó el firmamento en innumerables ocasiones con su mayor magnificencia, el navío blanco no retornó nunca ya del sur.

Los gatos de Ulthar

Se refiere que en Ulthar, que está allende el río Skai, ningún humano puede matar a un gato. Puedo creerlo mientras contemplo a ese, el que reposa ronroneando junto al fuego, pues el gato es hermético, y próximo a esos raros asuntos que el hombre no puede ver. Es el espíritu mismo del antiguo Egipto, y el heraldo de historias de urbes olvidadas en Meroe y Ophir. Guarda parentesco con los amos de la jungla y ha heredado los secretos de África, tan ominosa y lejana. Es primo de la esfinge y comprende su lengua, pero su antigüedad es mayor que la de ella y así memora cuanto la esfinge ya olvidó.

En Ulthar, previamente a que los ciudadanos vedaran asesinar gatos, moraban un anciano campesino y su mujer: ellos se complacían en capturar y darles muerte a los gatos del vecindario. La causa que tenían para obrar de tal manera la ignoro, salvo que son muchos los que aborrecen los sonidos que emite el gato en horas de la noche; ven con malos ojos que los felinos crucen furtivos por los patios y jardines cuando cae la tarde. Mas, independientemente de la causa que tenían para ello, el viejo y su esposa gozaban capturando y aniquilando a cuanto gato se aproximara a su choza. Sobre la base de los ruidos que podían escuchar pasado el crepúsculo, unos cuantos del vecindario suponían que el método que empleaban para quitarles la vida a los felinos era cosa muy singular. Empero, los del lugar no compartían esas conversaciones con el anciano y su mujer, por la acostumbrada apariencia de sus semblantes ajados y debido a que era diminuta su choza y se hallaba oculta bajo unos robles diseminados en un deteriorado patio trasero.

Ciertamente, aunque los propietarios de los gatos aborrecieran a ese raro matrimonio, en mayor medida sentían miedo de él. Por esa causa, en vez de acusarlos como bestiales asesinos, simplemente cuidaban de que una querida mascota o un consumado cazador de roedores tomase el rumbo de la lejana choza bajo los robles. Si por alguna lamentada falta de atención no se volvía a ver a uno de los felinos y se dejaban oír algunos sonidos tras la caída de la noche, quien había sufrido esa pérdida lamentaba amargamente su impotencia o bien buscaba consuelo dándole las gracias al sino, al no ser uno de sus vástagos el desaparecido. Los de Ulthar eran gente muy simple, e ignoraban el origen del conjunto de los gatos.

Cierta vez, una caravana compuesta por unos singulares transhumantes venidos del sur ingresó en las angostas callejuelas de Ulthar. Esos nómades tenían la piel oscura y eran bien distintos de otros que cruzaban por el poblado en dos ocasiones cada año. En la plaza del mercado encontraron su fortuna trocándola por plata y se hicieron de alegres cuentas de colores, adquiriéndolas de manos de los comerciantes. De dónde provenían es cosa ignorada, mas se entregaban a particulares rezos y llevaban a cada lado de sus carruajes pintadas una raras imágenes, consistentes en seres humanos cuyas cabezas eran las de gatos, águilas, corderos y leones. Su cabecilla tenía un tocado provisto de cornamenta y un llamativo disco en medio de ella.

Con esta particular comitiva vino un niño de corta edad, que no tenía padres: solo un gatito negro al que brindarle sus cuidados. La peste no fue generosa con ese niño, pero le había permitido conservar esa bestezuela pequeña y peluda para bálsamo de su padecer; cuando se es joven, se puede hallar gran consuelo en las activas picardías de un pequeño gato negro. Así, el chico al que los nómades de piel oscura nombraban como Menes, sonreía en mayor proporción que sollozaba al tiempo que jugaba sentado con su travieso gatito en los peldaños de un carruaje cubierto de tan llamativas imágenes.

Así llegó la tercera mañana desde el arribo de los transhumantes y Menes no logró dar con su mascota. Llorando fuertemente en medio del mercado, algunos lugareños le narraron lo del anciano y su esposa, agregando lo de los sonidos nocturnos. Oyendo aquello, las lágrimas de Menes se convirtieron en meditación y luego en plegaria. Estiró sus bracitos bajo el sol y rezó en una lengua inentendible; los aldeanos se esmeraron en comprender aquel idioma extraño, mas no lo lograron. Además, los distrajo de ello un fenómeno celeste y las llamativas formas que iban adquiriendo las nubes. Aquello era muy raro: al tiempo que el chico hacía sus rogativas, parecían configurarse en las alturas siluetas sombrías y nebulosamente exóticas, que semejaban ser entes mixtos con coronas de cuernos con discos en el medio. La naturaleza rebosa de aspectos ilusorios, que como aquel suelen impresionar vivamente a los soñadores.

Esa noche los peregrinos abandonaron la ciudad y nadie los volvió a ver. Los propietarios se inquietaron al comprobar que en todo el poblado no había un solo gato, pues de cada casa se había fugado el de la familia. Así, se habían esfumado los pequeños y los grandes, los negros, grises, atigrados, amarillentos y los blancos. Kranon el Viejo, principal de la ciudadela, juró que los siniestros visitantes habían llevado con ellos el conjunto de la población gatuna, en represalia por la desaparición de la mascota de Menes, y arrojó su maldición sobre los nómades y el niño; mas Nith, el delgado escribano, aseveró que el anciano campesino y su mujer eran, con toda probabilidad, los culpables del fenómeno, argumentando que aborrecían a los gatos descaradamente. A pesar de todo ninguno se atrevió a elevar su queja contra el matrimonio aquel, tan ominoso, y ello incluso tomando en cuenta que el hijo del posadero, Atal, aseguró que él había visto a todos y cada uno de los felinos de Ulthar, cuando atardecía, en ese patio infame bajo los robles. Los animales se movían en círculos, con lentitud y solemnidad, en torno de la choza, de a tres en línea, tal como si efectuaran alguna clase de ritual bestial, ignoto.

Los lugareños no supieron si debían aceptar o no lo que les decía un muchachito tan pequeño, y a pesar de que sentían miedo de que esa pareja malvada hubiese embrujado a los gatos para llevarlos a la muerte, optaron por no afrontar la situación con el viejo labrador en tanto y en cuanto no diesen con él fuera de su tenebroso y aborrecido solar.

Fue así que Ulthar se adormeció, inútilmente encolerizada, y cuando abrieron los ojos sus pobladores, al alba, ¡encontraron a los gatos de la familia cada uno junto a su hogar, en el sitio de costumbre! Estaban en su sitio los pequeños y los grandes, los negros, grises, atigrados, amarillentos y los blancos, sin que fuera menester extrañar ni a uno solo. Estaban bien nutridos y con el pelaje brilloso, ronroneando satisfechos... Aquello fue lo único de que se habló en Ulthar, entre los aldeanos asombrados. Kranon el Viejo otra vez volvió con aquello de que era el dúo siniestro quien los había secuestrado, dado que los felinos no retornaban vivos de la choza maldita. Mas todos estaban convencidos de algo: que los gatos no quisieran comer carne o beber leche era algo anormal. Durante dos días completos los gatos del poblado ni siquiera se acercaron a los platos de comida y bebida que les ofrecieron. Simplemente se adormecieron frente al hogar o bajo el calor solar, gordos y lustrosos.

Toda una semana transcurrió hasta que los lugareños se percataron de que en la choza bajo los robles no se prendía luz alguna llegado el anochecer. Posteriormente, el flaco escribano Nith señaló que ninguno había vuelto a ver al anciano labrador y su esposa, a partir de aquella noche en que los gatos se ausentaron. Pasó una nueva semana y el principal tomó la decisión de dejar de lado sus temores y tocar a las puertas de la silente choza. Era su deber, mas tomó la precaución de que lo acompañaran Shang, el herrero y Thul, el que cortaba las piedras. Tuvieron que derribar la puerta y allí encontraron dos osamentas humanas desprovistas del menor vestigio de carne, tendidas sobre el piso de tierra apisonada, mientras que en cada rincón pululaba una gran cantidad de diferentes insectos.

Después los aldeanos tuvieron mucho para cuchichear. Zath, el médico, se enzarzó en una prolongada discusión con Nith el escribano, mientras que Kranon, Shang y Thul resultaron agobiados por todo tipo de preguntas; hasta el muchachito Atal, hijo del dueño de la posada, fue detalladamente interrogado. Como recompensa recibió un fruto confitado. Los aldeanos se refirieron al anciano labriego y su mujer, a la caravana de forasteros, al pequeño Menes y su gatito negro, a las plegarias del niño y al firmamento en el curso de sus rezos; también a lo que hicieron los felinos locales esa noche en que la caravana abandonó la ciudad y a cuanto se encontró en la choza bajo los robles, en ese abyecto patio.

Como consecuencia, todos los lugareños le dieron su apoyo a esa norma fuera de lo común, esa que comentan los mercachifles en Hatheg y discuten los viajeros de Nir: que en Ulthar está vedado matar un gato.

El cambio de Juan Romero

No me causa la menor satisfacción referirme a los hechos que tuvieron lugar en la mina Norton aquel 18 de octubre de 1894. Siento una obligación científica que me impulsa a rememorar esa etapa de mi existencia, plagada de sucesos tan horrendos que no alcanzo a reseñarlos con nitidez. Sin embargo, antes de desaparecer de este mundo es mi deber narrar cuanto yo conozco de... vamos a decirlo así: el cambio operado en Juan Romero.

No necesita el porvenir conocer cuál es mi nombre ni de dónde procedo; concretamente, estimo que lo más adecuado es obviar esa información, puesto que cuando un sujeto súbitamente emigra a Estados Unidos o las colonias está dejando detrás de sí todo su pasado. Asimismo, lo que fui alguna vez no posee mayor sentido en referencia a mi narración, salvo tal vez porque durante mis servicios en la India estaba más a gusto entre los sabios de blanca barba que en compañía de mis camaradas castrenses. Había yo profundizado bastante en los conocimientos de Oriente cuando padecí las catástrofes que me forzaron a buscarme una vida nueva en el magno Oeste de América... una existencia en la que creí lo más conveniente adoptar otro nombre –ese, el actual– muy ordinario y carente de mayor sentido.

En el curso del estío y el otoño de 1894 habité los eriales de las montañas Cactus, en calidad de peón en la célebre mina Norton, hallada unos años antes por un viejo explorador, y que había trasformado los alrededores en un área signada por una bullente y abyecta existencia. Un yacimiento de oro, en una cueva debajo de un lago montañés, había convertido a su descubridor en un hombre de sideral fortuna y era el teatro de excavación de galerías de una compañía que finalmente la adquirió. Se encontraron más y más cavernas y la extracción del metal precioso era cosa fabulosa. Por ende un potente y abigarrado cuerpo de mineros laboraba de día y de noche en los incontables túneles y las canteras de roca aurífera. El gerente, cierto sujeto de nombre Arthur, pontificaba muy seguidamente acerca de la particularidad de la geología de aquel sitio, fantaseando respecto de la posible extensión del sistema cavernoso y calculando el devenir de tan colosal proyecto minero. Estimaba que aquellas oquedades eran fruto del trabajo del agua y suponía llegar próximamente a la última porción del yacimiento.

Poco después de ser contratado yo, llegó Juan Romero, uno más de la innumerable chusma de mugrientos mejicanos venidos de más allá de la frontera, pero que atrajo de inmediato el interés por sus rasgos: definitivamente eran los de un nativo americano, aunque completamente distintos de los locales. Era cosa llamativa que, pese a resultar diferente en tanta medida de los indígenas hispanizados o los nativos de pura raza, Juan Romero no parecía tener vestigio alguno de raíz caucásica. No era el conquistador español ni el pionero americano lo que acudía a la mente al verlo, sino el arcaico y noble azteca, cuando el mudo peón se despertaba al alba, admirando extasiado el ascenso solar sobre las colinas del este, abriendo sus brazos ante el firmamento. Parecía estar realizando alguna clase de ceremonia que tampoco llegaba a entender. Empero, además de su cara, Romero no denotaba ni una sola traza de índole noble. Era mugriento e ignorante, su sitio estaba junto a los demás oscuros mejicanos, viniendo como venía –así me fue referido después– de las capas más inferiores del entorno. Lo hallaron siendo un chico en una rústica cabaña de las montañas: era el exclusivo sobreviviente de una plaga que había asolado la comarca. Próximos a la cabaña, junto a una rotura de la peña, en verdad fuera de lo común, se dio con un par de esqueletos ya desnudados de toda carne por los carroñeros. Seguramente era aquello cuanto quedaba de sus padres. No se conocieron sus señas y muy rápidamente fueron olvidados. Asimismo el derrumbe de la cabaña y el cierre de la fisura en las piedras, merced a un alud, habían contribuido a disolver todo en la memoria. En verdad, al ser criado por un mejicano ladrón de ganado que le dio su apellido, Juan Romero no parecía muy diferente de los demás de su misma condición.

Que Romero sintiese aprecio por mí se relacionaba indudablemente con el raro y arcaico anillo de la India que yo usaba si no me encontraba entregado a mis labores. No quiero hablar de su índole, tampoco del modo en que llegó a mi poder. Era mi postrer nexo con una parte de mi existencia ya clausurada definitivamente y yo lo apreciaba mucho. Enseguida me percaté de que ese extraño mejicano también manifestaba interés en mi anillo, contemplándolo de un modo que dejaba de lado la menor sospecha de que él ambicionara quedárselo. Sus añejos símbolos al parecer azuzaban cierto debilitado recuerdo en su mente, aunque ignorante bien despierta, pese a que nunca antes había visto algo semejante. Pocas semanas después de su arribo al yacimiento, Juan Romero se había convertido en mi leal servidor, aunque yo mismo no era otra cosa que un simple minero. Nuestras charlas era forzosamente acotadas: él apenas hablaba inglés y, por mi parte, yo me percaté de que el castellano aprendido en Oxford en ocasiones resultaba bien diferente de la jerga empleada por los peones de la Nueva España.

Los hechos que estoy al borde mismo de narrar no tuvieron llamativos precedentes. Incluso aunque Romero era para mí un sujeto de interés y pese a que mi anillo tanto lo había conmocionado, no supongo que ni él ni yo tuviésemos el menor presentimiento acerca de cuanto iba a suceder después de aquella impresionante detonación. Consideraciones de naturaleza geológica habían conducido a excavar hacia secciones inferiores del yacimiento, a partir de la porción más honda y suponiendo el gerente que no iba a dar más que con sólida piedra, mandó montar una superlativa dosis de explosivos. No teníamos relación con esas tareas ni Romero ni quien habla, por lo que la primera noción que tuvimos de tan insólitos detalles la recibimos de otros operarios. La carga explosiva –seguramente más grande que la esperada– sacudió toda la montaña; los ventanales de las barracas volaron en fragmentos ante la onda expansiva, en tanto que los trabajadores que hacían sus tareas en los túneles de las inmediaciones fueron barridos por el potente choque. El lago Joya, próximo al teatro de los hechos, se erizó tempestuoso merced al fenómeno y cuando se procedió a investigar las consecuencias, fue hallada una novedosa sima aparentemente sin final, abierta en el sitio de la detonación. Era cosa tan monstruosa aquella que nuestros sondeos no fueron capaces de medir su profundidad y nuestras lámparas resultaron incapaces de iluminar su hondura.

Confusos ante la novedad, los exploradores mantuvieron una reunión con el gerente, quien ordenó soltar dentro de la brecha extensas secciones de sogas, anudadas por sus extremos hasta que llegaran al fondo. No demoró mucho que los abrumados operarios le informaran que habían fracasado plenamente. Con firmeza y respeto le dijeron que no pensaban retornar al hoyo ni seguir con sus tareas en el yacimiento, en tanto y en cuanto esa anormalidad no fuera tapada de nuevo. Indudablemente se encontraban ante una cosa que iba allende cuanto conocían, porque, según manifestaban, aquello no terminaba en sitio alguno.

El gerente no objetó sus opiniones y en concreto meditó minuciosamente y trazó numerosos planes para llevarlos a cabo durante la jornada siguiente. Mas el turno nocturno no se presentó a trabajar y a eso de las 2 de la madrugada un coyote solitario prorrumpió en quejosos alaridos desde algún sitio en las montañas. Le respondió desde otro lugar, en los túneles, uno de los perros.... al coyote o lo que fuera aquello que aullaba. Se estaba formando una borrasca sobre las sierras y nubes de formas bien raras avanzaban espantosamente por el sucio sendero luminoso que mostraba, en el firmamento, las intentonas de una luna jorobada por fulgurar atravesando las cerradas nubes. Viniendo del camastro de arriba, el vozarrón de Romero me hizo abrir los ojos. Su tono era tan tenso y excitado, merced a que esperaba algo que no podía establecer, que yo no lograba entenderlo: "*¡Por la madre de Cristo! Ese ruido... ¿es que no lo oye? Pero, señor, ¡ese ruido!*".

Intenté oír, inquiriendo para mis adentros a qué clase de sonido se estaba refiriendo. El coyote, la borrasca... podía escucharlos perfectamente, mientras la tormenta iba adquiriendo más y más vigor y el viento bramaba con mayor frenesí. Refulgían los relámpagos en los ventanales de nuestra barraca. Le pregunté entonces al alterado mejicano, refiriendo cuanto escuchaba yo: "*¿Me hablas de ese coyote?... ¿del perro?... ¿del viento?*".

Sin embargo, Romero no me respondía y enseguida dio en susurrar horrorizado: "*Señor, ese ritmo, ese es el ritmo de la tierra... ¡vibra bajo el piso!*".

Enseguida yo también escuché aquello y temblé sin saber a qué atribuirlo. Muy debajo de mí había un ruido, tal como lo señaló aquel peón, que aunque débil de todas maneras superaba al producido por el perro y el coyote y aun al de la borrasca, que había alcanzado su mayor expresión. De nada sirve intentar su descripción, empresa imposible si las hay; tal vez dé una idea comparar aquello con el latir de mecanismos en las entrañas de los mayores navíos, si son escuchados desde la cubierta... pero no, no se trataba de algo tan mecánico, tan carente de vida y conciencia. De todos sus pormenores, el que mayor impresión me causó fue su profundidad y a mi mente vinieron partes de un pasaje de Joseph Glanvill, citado con tremendo efecto por Edgar Allan Poe: *"La vastedad, honda e insondable de Su creación, una profundidad mayor que la del pozo de Demócrito"*.

Súbitamente Romero brincó de su lecho, parándose delante de mí y mirando el raro anillo colocado en mi mano: este relumbraba de un modo insólito con cada relámpago; luego el mejicano dio en observar intensamente hacia donde se abría la oquedad de la mina.

Hice lo mismo, incorporándome, y permanecimos sin movernos un largo rato, intentando oír algo al tiempo que aquel extrañísimo ruido se volvía más y más vivo. En ese instante, como si careciésemos de mayor voluntad, fuimos hacia la puerta, que batida por la tormenta brindaba una reconfortante sensación de cosa terrenal y concreta. El cántico de los abismos, de donde parecía provenir el sonido aquel, se incrementaba y tornaba más nítido; nos sentimos irrefrenablemente llevados hacia el exterior, rumbo al temporal y el hueco negro de la mina.

No dimos con ningún ser viviente, puesto que los del turno nocturno habían sido dispensados de sus funciones y se encontraban seguramente en la aldea Dry Gulch, destilando habladurías ominosas ante algún cantinero medio dormido. Empero un diminuto cuadrado luminoso y amarillento fulguraba en la casilla del guardián. En eso me pregunté cómo habría tomado aquel empleado el asunto del ruido de referencia, mas Romero tenía prisa y fui detrás de sus pasos sin demora.

A medida que nos adentrábamos en la hondura, el sonido venido de abajo se transformó definitivamente en uno compuesto. Para mí era cosa espantosamente semejante a una suerte de ritual de Oriente, con retumbar de tamboriles y cantares corales. Como ustedes ya conocen, yo viví prolongadamente en la India. Con Romero y prácticamente sin hesitar, cruzamos túneles y descendimos por las escaleras, sin desviarnos de aquello que tanto nos atraía, aunque reticentes y víctimas de un quejumbroso miedo pleno de indefensión. En una ocasión supuse haber perdido la razón... sucedió cuando, bajo el estupor de entender que nuestro rumbo se veía iluminado sin necesidad de candelas o faroles, hallé que el antiguo anillo fulguraba en mi dedo de un modo fantasmal, difundiendo su brillo por la atmósfera húmeda y densa que atravesábamos.

Sin ningún aviso aquel Romero, después de dejarse caer por una de las tantas escaleras toscas que encontramos, se lanzó a la carrera abandonándome en aquel sitio. Cierta nueva nota muy rara, en medio de esos redobles y cantares, que yo apenas lograba captar, lo había forzado a hacer aquello: dejando oír un alarido de energúmeno se metió sin ver cosa alguna en la tenebrosa hondura de la cueva. Percibí delante de mí sus aullidos en secuencia, al tiempo que tropezaba torpemente en los pisos desnivelados y bajaba demencialmente por las deterioradas escaleras. Tan espantado como me sentía, todavía conservaba la conciencia adecuada como para darme cuenta de que su modo de hablar era articulado pero en nada semejante a lo que yo conocía. Palabras de varias sílabas y muy impresionantes habían tomado el lugar de mala jerga que empleaba generalmente, hecha de un pésimo español y de un todavía peor inglés... Solamente me resultaba familiar un término entre todos los que empleaba: "Huitzilopotchli". Luego di con esa palabra en el tratado de un notable historiador y temblé por aquello a lo que podía relacionarla.

El término de esa noche espeluznante fue asunto de gran complejidad pero corto, principiando con la llegada a la postrera cueva de todo ese recorrido. De las tinieblas que tenía ante mí surgió un alarido final del mejicano, en medio de un sonido coral tan tremendo que no sobreviviría yo si fuese a escucharlo otra vez. Entonces, al parecer, la suma de los horrores y monstruosos asuntos que escondía la tierra se tornó concreta, como probando de aniquilar el plano de la humano. Al mismo tiempo la luminosidad de mi anillo se extinguió y percibí el fulgor de una fuente de luz nueva, que venía de cierto sector inferior, mas apenas ubicado a unos escasos metros frente a mí. Yo había llegado hasta la sima, que brillaba enrojecida y que, con toda evidencia, se había tragado al infeliz Romero.

Cuando adelanté mi paso y me asomé al borde del abismo imposible de sondear, entonces un pandemónium de fuego que bramaba horrendamente, al comienzo no logré avizorar más que un bullente hervor lumínico. Posteriormente unas sombras incalculablemente remotas principiaron a dejarse ver entre aquel caos y entreví... Mas, ¿ese era Romero? ¡Por los Cielos! Ni siquiera... no, no me animo a decir qué cosa vi allí... Alguna clase de potencia celeste acudió en mi auxilio, escondió de mí esas visiones y esos ruidos merced a una suerte de impacto como el que debe ser dable escuchar si dos universos chocan entre sí. Se desató el infierno y obtuve la paz gracias a mi desmayo.

En este punto no sé casi cómo seguir, puesto que tienen injerencia tales instancias. Mas tengo que arribar al término de mi relato si quiero intentar establecer qué cosa fue real y cuál corresponde a lo ilusorio.

Cuando abrí los ojos me hallaba sano y a salvo en mi barraca. El fulgor bermellón del amanecer se pronunciaba más y más detrás del ventanal. Algo más allá descansaba, depositado sobre una mesa, el cadáver de Juan Romero, circundado por un grupo de individuos, y entre ellos se contaba el médico de la compañía. Ellos se referían al raro fallecimiento experimentado por el mejicano en el curso de sus sueños, al parecer relacionado de algún modo con el tremendo rayo que había impactado y hecho temblar la montaña. No era visible la razón de su muerte; tampoco la realización de la autopsia reveló por qué causa ya no vivía. Me enteré —gracias a partes de lo que decían los allí reunidos— de que ni Romero ni yo habíamos dejado la barraca durante la noche y asimismo de que ninguno había despertado mientras duró la horrenda borrasca que azotó las sierras Cactus. Un temporal, según manifestaron los que se adentraron hasta llegar al pozo, que había originado enormes derrumbes, cubriendo por completo la honda sima que tanto nos había perturbado en la jornada anterior. Cuando interrogué al guardián acerca de qué ruidos antecedieron al potente tronar de la borrasca, me dijo que había escuchado a un coyote, un perro y luego los bramidos del ventarrón que castigaba las montañas y ningún otro sonido. No dudo de que estaba diciéndome la pura verdad.

Cuando recomenzaron las tareas, el gerente Arthur convocó a ciertos sujetos de su plena confianza para investigar el sitio donde se había abierto ese abismo; ellos acataron la orden sin entusiasmo alguno, realizando un minucioso trabajo con las sondas. El fruto de tales indagaciones fue asunto muy curioso: el techo de la sima, cuando se abrió así se confirmó, no tenía la grosura supuesta. Mas entonces las fresas de los taladros dieron con lo que semejaba ser una placa de roca sólida carente de límites comprobables. Sin toparse con nada más, ni oro siquiera, la gerencia dejó de lado toda otra investigación, aunque el mandamás del yacimiento dejaba ver un aire de perplejidad de tanto en tanto, cavilando sobre el asunto allí donde residía.

Existe otro detalle muy llamativo: apenas desperté esa mañana, pasada la borrasca, me encontré sin modo de explicarme la falta de mi anillo. Lo apreciaba en gran medida, pero de todas maneras me sentí de algún modo aliviado al verme despojado de él. En caso de que alguno de mis camaradas mineros me lo haya hurtado, fue lo suficientemente despierto como para sacarse de encima lo robado antes de que diera sus resultados la necesaria denuncia y la pesquisa policial, porque nunca más supe de ese anillo. Empero yo dudo cabalmente de que me fuese arrebatado por manos humanas: aprendí muchas cosas durante mi estancia en la India.

Mi opinión acerca de cuanto narré de vez en cuando se modifica. A pleno día, durante prácticamente cada estación, supongo que fue un mero sueño, mas en ocasiones, cuando es el otoño y dan las dos de la madrugada, si los vientos y las bestias aúllan quejándose, viene hasta mí un maldito presentimiento, el de un rítmico batir, procedente de una profundidad inmedible... Entonces percibo claramente que el cambio de Juan Romero fue en concreto algo tremendo...

Los dioses otros

En la cumbre del picacho más elevado del mundo moran los dioses terrestres y no aguantan que ningún humano se vanaglorie de haberlos contemplado. Otrora ocupaban las cumbres de más abajo, mas los humanos de las planicies quisieron inquebrantablemente ascender por las pendientes rocosas y nevadas, forzando a las deidades a ascender cada vez más, hasta que actualmente apenas cuentan con la cumbre más alta. Cuando dejaron las cimas inferiores se llevaron consigo sus señales, excepto en determinada ocasión, según se refiere: cuando olvidaron una imagen tallada en la ladera del monte Ngranek.

Mas ya se han mudado a la ignota Kadath, la del gélido erial, que nunca es avasallada por la pisada de la humanidad; los dioses se volvieron rigurosos y aunque antaño toleraron que los humanos los forzaran a cambiar de sede, vedan ahora su cercanía. En caso de que esta se produzca, evitan que puedan retirarse. Es conveniente que ignoren los hombres cuál es la ubicación de Kadath, pues de lo contrario son tan temerarios que probarían de escalarla.

En ocasiones, bajo la quieta noche, cuando la nostalgia se apodera de las deidades, van de visita a los picachos que alguna vez habitaron y sollozan mientras prueban de jugar silenciosamente en las siempre recordadas laderas. Sintieron los humanos el llanto divino sobre la nieve del Thurai, pese a que supusieron que se trataba de lluvia. También escucharon cómo suspiraban los dioses en los quejosos vientos de la mañana, en Lerion.

Los dioses acostumbran usar para sus traslados como naves las nubes, y los sapientes labriegos cuentan leyendas que los persuaden de que no deben aproximarse a determinadas alturas nevadas si es de noche y el cielo se muestra nublado, dado que los dioses ya no resultan tan indulgentes como antes.

En Ulthar, allende el río Skai, vivía cierta vez un viejo que quería contemplar a los dioses terrestres; conocía en profundidad los siete volúmenes herméticos terrestres y también los Manuscritos Pnakóticos de la remota y gélida Lomar. Su nombre era Barzai el Sabio, y los aldeanos refieren de qué modo trepó a una montaña cierta noche, aquella en la que tuvo lugar ese raro eclipse.

Barzai sabía tanto acerca de las deidades que incluso era capaz de narrar sus idas y vueltas; intuía tal cantidad de secretos que se tenía a sí mismo como un semidiós. Fue Barzai quien aconsejó con prudencia a los enviados de Ulthar cuando aprobaron la célebre ley que vedaba la matanza de gatos, y aquel que le indicó al juvenil sacerdote Atal adónde se habían dirigido los gatos negros, cuando la medianoche anterior a San Juan. Barzai estaba hondamente compenetrado en la ciencia de los dioses terrestres y tenía irrefrenables deseos de verlos. Suponía que su profundo y oculto saber acerca de los dioses lo protegería de la cólera divina y se decidió por ascender hasta la cumbre del alto y pedregoso Hatheg-Kla, cierta noche en la que intuía que los dioses se encontrarían allí.

El Hatheg-Kla se encuentra en el yermo pétreo que se extiende allende Hatheg, al cual le debe el nombre, elevado como un monumento de roca en medio del mutismo de un templo. La neblina juega lúgubre en torno de su cumbre, pues ella es la memoria de los dioses, y estos amaban el Hatheg-Kla cuando vivían otrora en él. Muy seguidamente visitan los dioses terrestres el Hatheg-Kla, en sus naves nubosas, derramando empalidecidos velos vaporosos sobre sus pendientes mientras bailan nostalgiosos en la altura, a la luz clara de la luna. Los de Hatheg repiten que nunca es bueno intentar escalar el Hatheg-Kla y letal hacerlo durante la noche, cuando la niebla esconde la cumbre y la luna. Empero no les prestó oídos a sus consejos Barzai cuando llegó proveniente de la aneja Ulthar con el joven sacerdote Atal, quien era su discípulo.

Atal apenas era hijo de un posadero, y en ocasiones sentía gran temor; mas el padre de Barzai había sido en vida un noble que moraba en un viejo castillo, por lo que no corrían pedestres supersticiones por sus venas, y reía a carcajadas de aquello que tanto miedo les causaba a los campesinos.

Barzai y Atal partieron de Hatheg rumbo al erial de piedra, desoyendo lo que referían los aldeanos, y conversaron con las deidades terrestres junto a la hoguera, cada noche. Así realizaron un periplo que se extendió por numerosas jornadas, hasta que por fin avizoraron, aun remoto, el tan elevado Hatheg-Kla, envuelto en lóbregas neblinas. Cuando llegó el décimo tercer día arribaron al pedemonte de la montaña aislada, y Atal dio rienda suelta a todos sus miedos. Mas Barzai era viejo y muy sabio, y desconocía el temor, de modo que temerariamente encabezó la marcha por una pendiente que ningún ser humano había subido desde la época de Sansu, aquel de quien hablan temblando los deteriorados Manuscritos Pnakóticos.

El sendero era pedregoso y pleno de riesgos en razón de los innumerables abismos y los derrumbes tan repetidos; posteriormente la atmósfera se volvió gélida y nevó. Una y otra vez Barzai y Atal resbalaban y caían, mientras seguían adelante con el concurso de bastones y hachas. Finalmente el aire se enrareció, el cielo trocó su matiz y los expedicionarios comprendieron que mucho les costaba respirar, mas continuaron ascendiendo tramo a tramo, fascinados por la rareza del paraje y exaltados al imaginar lo que los esperaba en la cumbre, con la aparición de la luna y la difusión de la neblina. Ascendieron por tres jornadas rumbo al techo de la Tierra, pero después hicieron campamento y aguardaron que la niebla ocultara la luna.

Inútilmente esperaron la concreción del fenómeno por cuatro noches, al tiempo que la luna dejaba que se expandiera su helado fulgor merced a livianas y lóbregas neblinas que difuminaban el silente picacho. Llegada la quinta noche, cuando se dejó admirar la luna llena, Barzai distinguió en la lejanía ciertos espesos nubarrones que se aproximaban desde el norte. Entonces no reposaron él ni Atal, para contemplar de qué modo se acercaban. Densos y magníficos, los nubarrones boyaban con lentitud y premeditación, circunvalando la cumbre en un plano muy elevado en relación a los exploradores, escondiendo en sus masas la luna y también la elevación. Toda una larga hora permanecieron admirando aquello Barzai y Atal, en tanto que las nubes se espesaban y tornaban más inquietas. Barzai estaba al tanto del saber divino y prestaba toda su atención a cuanto escuchaba, mas Atal, quien sufría lo helado de aquellas neblinas y padecía de miedo ante la noche, se sentía horrorizado. Pese a que continuó ascendiendo tramo a tramo Barzai, dirigiéndole gestos para que lo imitara, demoró prolongadamente Atal en tomar la decisión de seguir sus pasos.

Tanta era la densidad de esos vapores que la ascensión se convirtió en muy ardua y pese a que Atal finalmente accedió a seguirlo, dificultosamente lograba distinguir la grisácea silueta de Barzai en la nublada pendiente, más arriba, allí donde la luz lunar se mostraba confusamente.

Barzai marchaba muy adelantado y aunque era viejo demostraba que podía subir más libremente y con mucha menor dificultad que el juvenil Atal, sin temerle a la ladera que se mostraba excesivamente pronunciada y peligrosa, excepto para un sujeto vigoroso y arriesgado, sin parar de marchar hacia arriba ni siquiera cuando debía enfrentar los formidables y oscuros abismos donde Atal solo atinaba a saltar. Así, arduamente, atravesaron peñas y acantilados, sin dejar de resbalar y tropezar. En ocasiones se les encogía el ánimo frente al tremendo mutismo de los gélidos y solitarios picachos y las silentes laderas de roca.

De súbito, Atal dejó de ver a Barzai y este logró sobrepasar una titánica cornisa, la que parecía cegar el sendero a cualquiera que no contara con la inspiración que solamente otorgan los dioses terrestres.

Atal se encontraba muy abajo, cavilando acerca de qué hacer cuando se viera en el trance de afrontar aquel obstáculo; entonces pudo notar que, curiosamente, la luna se había acrecentado, tal como si el despejado picacho y el sitio de la asamblea divina se hallaran ya cercanos. Y mientras se deslizaba hacia la saliente y el cielo iluminado, sufrió los mayores terrores de toda su vida.

En ese momento, atravesando las nieblas superiores, escuchó gritar demenciadamente a Barzai, muy contento: "*¡Escuché a los dioses terrestres! ¡Los oí cantar felices en el Hatheg-Kla! ¡Barzai el profeta es aquel que conoce las voces de los dioses terrestres! Las brumas son livianas, la luna brilla y hoy voy a ver a las deidades bailar con frenesí en su Hatheg-Kla, el sitio que tanto amaron cuando eran jóvenes. El saber me torna mayor que los dioses terrestres... Sus hechizos y los obstáculos que ellos disponen nada logran contra la voluntad del sabio Barzai, el que verá a los dioses terrestres, así ellos aborrezcan ser vistos por la humanidad*".

En cuanto a Atal, era incapaz de escuchar esas voces que oía Barzai, aunque ya entonces se encontraba próximo a la saliente, escudriñando el sitio en busca de un modo de atravesarla. En ese instante apreció que la voz de Barzai sonaba acrecentada, más potente y estridente: "*Es más tenue la niebla, la luna lanza penumbras sobre las pendientes. El decir divino es violento, están encolerizados porque tienen miedo de que llegue Barzai el Sabio, mayor que todos ellos... La luz lunar cambia de intensidad y las deidades terrestres bailan ante ella. Voy a contemplar cómo bailan sus siluetas, brincando y bramando bajo la luna... Ahora la luz pierde intensidad, los dioses temen...".*

Al tiempo que Barzai aullaba todo eso, Atal percibió una modificación fantasmal en la atmósfera, tal como si las normas terrestres obedecieran a leyes más elevadas; pues pese a que la senda era más en pendiente que antes, la subida se había tornado horrorosamente fácil: la saliente representó apenas un mero obstáculo al llegar hasta donde se encontraba y así se encaramó riesgosamente sobre su faz convexa. El brillo lunar se había extinguido llamativamente y al tiempo que Atal avanzaba en medio de la neblina, cuesta arriba, escuchó a Barzai el Sapiente aullar desde la oscuridad: *"Oscura se puso la luna y las deidades bailan en medio de la noche, plena de horror. Horror en los cielos, la luna se eclipsó de un modo que los libros o los dioses terrestres no alcanzan a decir... Reina una magia ignota en Hatheg-Kla y los gritos de terror de los dioses se metamorfosearon en risas. Las pendientes heladas suben sin final rumbo al firmamento tenebroso. Yo ahora me hundo en ellos... ¡Ah! ¡Finalmente vi a los dioses terrestres en la luz así debilitada!".*

En tales instancias Atal, resbalando hacia la altura con mareante velocidad y cruzando impensables pendientes, escuchó en las tinieblas un reír asqueroso, mixturado con aullidos que hombre alguno alcanzó a oír, excepto en el río de fuego que recorre el Averno con su inconmensurable pesadilla. Un aullido donde vibró el espanto y el horror de algo viviente, condensado en un momento espeluznante: *"¡Los dioses otros...! ¡Son las deidades del infierno externo, las que guardan la debilidad de los dioses terrestres! ¡Desvía tu mirada... vuelve atrás! ¡No debes mirarlos! La revancha de las simas sin final y ese abominable abismo... ¡Piedad, dioses terrestres, caigo ahora de los cielos!".*

Atal cerró sus ojos y clausuró sus oídos, intentando descender mientras simultáneamente bregaba contra la fuerza atroz que lo atraía hacia ignotas altitudes; entonces continuó retumbando el Hatheg-Kla, alertando a los serenos moradores de las planicies y a los honestos habitantes de Hatheg, Nir y Ulthar, llevándolos a detenerse a observar, a través de las masas de nubes, aquel raro eclipse que libro alguno anticipó. Cuando finalmente se dejó ver la luna, Atal se encontraba a salvo en las porciones nevadas del área inferior de la montaña, allende la vista de los dioses terrestres y de los dioses otros.

Actualmente se repite en los deteriorados Manuscritos Pnakóticos que Sansu no descubrió mas que rocas silentes y formaciones de hielo, cuando escaló el Hatheg-Kla y el mundo era joven. Empero, cuando los de Ulthar, Nir y Hatheg dejaron de lado sus temores y ascendieron hasta esa cima hechizada buscando dar con Barzai el Sabio, hallaron grabado en la roca pelada de su cumbre un signo raro, colosal, de 25 metros de ancho, tal como si la piedra hubiese sido seccionada por un tremendo cincel. Aquel signo era muy parecido al que hallaron los eruditos en las porciones más horrendas de los Manuscritos Pnakóticos, las que resultan tan arcaicas que no es posible descifrarlas. Tal cosa hallaron, mas nunca dieron con Barzai el Sabio, ni pudieron persuadir al sacro sacerdote, Atal, para que elevase sus ruegos por el reposo de su espíritu. Aun en el presente los de Ulthar, Nir y Hatheg temen a los eclipses, y suplican por la noche cuando los pálidos vapores esconden la cima de la montaña y la luna.

Sobre las nieblas de Hatheg-Kla los dioses terrestres bailan en ocasiones, nostalgiosos, pues conocen que están a salvo de cualquier riesgo y adoran visitar la ignota Kadath en sus navíos nubosos para jugar como antiguamente ellos lo hacían, cuando el mundo era joven y la humanidad no ascendía a sitios vedados para siempre.

Allende las paredes del sueño

Entonces, el sueño se mostró ante mí.
William Shakespeare

Muy seguidamente me lo pregunté: ¿En alguna ocasión los hombres comunes se habrán detenido a tomar en cuenta la mayúscula importancia de determinados sueños y a cavilar respecto del tenebroso universo que habitan?

Pese a que la mayor parte de nuestras visiones nocturnas tal vez resultan ser meramente debilitados y fantasiosos reflejos de las experiencias que tenemos despiertos —pese a Sigmund Freud y su infantil sistema simbólico— hay ciertos episodios oníricos cuya naturaleza etérea, no mundanal, impide hacer una ordinaria interpretación; sus efectos ligeramente excitantes, asimismo inquietantes, sugieren factibles y efímeros vistazos a un área de la vida mental que no resulta menos fundamental que la física, pese a que esté distanciada de ella por un obstáculo imposible de atravesar.

Mi experiencia no me posibilita hesitar acerca de que el hombre, perdida su conciencia terrenal, se ve concretamente ingresado en otra existencia no corporal, de índole diferente y distante de la que nos es conocida, aquella de la que solamente los recuerdos más livianos y confusos se preservan una vez que abrimos los ojos. De tales recuerdos, tan turbios como fragmentarios, se pueden extraer numerosas deducciones, pese a que es escaso aquello que se podrá demostrar.

Es dable estimar que en el curso de la existencia onírica la materia y lo viviente, según son conocidos a nivel terrestre, no son obligadamente permanentes y que el tiempo y el espacio no tienen una existencia según la interpretamos durante la vigilia. En ocasiones colijo que en este tipo de existencia —en mucha menor medida material— reside nuestra vida real, así como que nuestra superficial presencia sobre el planeta es en sí algo secundario, simplemente de tipo virtual.

Sucedió después de un ensueño de juventud —tan pleno de toda variedad de especulaciones— al despertar cierta tarde invernal en el período de 1900-1901, que ingresó en la entidad psiquiátrica donde yo prestaba servicios, en calidad de internado, un individuo cuya circunstancia clínica retorna a mi pensamiento repetidamente. Su nombre, según registrado en los archivos de la institución, era Joe Slater, o tal vez Slaader. En cuanto a su apariencia esta era la del característico morador de las montañas Catskills; uno de esos descendientes raros y abominables de los primigenios labriegos, cuya presencia varias veces centenaria en esa área de montaña, tan aislada, los arrastró a una suerte de bestial degeneración, de modo opuesto a como sus semejantes progresaron al habitar parajes más densamente ocupados. Entre esos singulares sujetos, correspondientes precisamente a los aberrantes miembros de la llamada "basura blanca" sureña, nada hay de ley ni de moral; en cuanto a su nivel intelectual, seguramente se encuentra por debajo de cualquier segmento de los nativos americanos.

Joe Slater, quien fue ingresado al instituto celosamente vigilado por cuatro efectivos de la policía estatal y señalado como altamente peligroso, empero no ofreció signo alguno de representar el menor riesgo cuando lo vi por primera vez. Pese a que su altura sobrepasaba holgadamente la regular y era de formidable estampa, demostraba estar dotado de una inofensiva imbecilidad, ratificada por sus pequeños ojos aguachentos, de un celeste lavado y adormecido, su descuidada y nunca rasurada barba amarilla y el modo en que colgaba su abultado labio inferior. Se ignoraba cuál era su edad, dado que entre los suyos se carece de algún registro familiar, así como de nexos permanentes entre la parentela. Empero lo calva de su frente y su mala dentadura llevaron al médico a asignarle unos cuarenta años de edad. Según la documentación médica y jurídica remitida supimos todo lo que cabía saber acerca de su caso particular. Aquel sujeto, un vago, cazador y trampero, invariablemente había sido visto como un extraño por sus antiguos camaradas. Acostumbraba dormir cada noche más de lo que era habitual y después de desperezarse solía emitir palabras ignotas, de un modo tan extraño que daba miedo hasta a esa ralea carente de toda capacidad imaginativa. La cosa no era que su modo de expresarse fuera absolutamente inaudita, puesto que lo hacía empleando la jerigonza típica de esa región; empero el tono y los matices de lo que decía tenían un rasgo de enigmática rareza. Ninguno podía prestarle oídos sin amilanarse y hasta el mismo sujeto en cuestión se mostraba tan acobardado y confundido como aquellos de su entorno; pasada una hora desde que había abierto los ojos ya se había olvidado de cuanto había expresado o como mínimo qué lo había forzado a manifestarlo, y así retornaba a la bovina y a medias amistosa normalidad propia de los demás lugareños.

De acuerdo a cómo iba envejeciendo aquel Slater, según se veía, sus barbaridades de cada mañana se fueron incrementando e intensificando, hasta que llegó la instancia en que (más o menos un mes antes de ser internado en nuestro hospicio) tuvo lugar la inquietante tragedia que generó su arresto. Cierto día, cerca del mediodía, después del profundo sueño provocado por la embriaguez a partir de las 17 del día anterior, el sujeto se había incorporado muy bruscamente, dejando oír bramidos horrendos, no terrenales, lo que llevó a muchos de los demás del lugar a acudir a su cabaña. Era ese el mugroso antro donde vivía, acompañado por una familia tan poco presentable como él lo era.

Surgiendo de la cabaña intempestivamente, saliendo bruscamente al nevado exterior, había levantado sus brazos para principar una continuidad de brincos hacia arriba, mientras bramaba que había decidido darle alcance a una *"grande, muy grande cabaña que tenía techo, paredes y piso brillantes, así como una fuerte y rara música, venida desde muy lejos"*. En momentos en que un par de sujetos de buena corpulencia quisieron sofrenarlo, él se había sacudido furioso y con unas energías maníacas, aullando que aquel era su anhelo, así como que debía hallar y acabar con determinado *"ser brillante, que tiembla y se ríe"*.

Finalmente y después de arrojar al suelo a uno de los que lo sujetaban dándole un repentino golpe, el insano se había abalanzado sobre otro de ellos atacado por una diabólica sed de sangre, bramando demoníacamente que iba a *"brincar muy alto y abrirse paso a sangre y fuego si lo querían detener"*. Tanto sus familiares como los vecinos se dieron a la fuga al escuchar aquello, presas del mayor espanto; cuando volvieron los más temerarios, Slater ya no se encontraba allí y había dejado detrás suyo hecho pulpa a uno que estaba vivo una hora antes.

Ninguno se atrevió a ir tras sus pasos y seguramente hubiesen tomado los lugareños con mucha alegría la noticia de que había Slater muerto congelado, mas cuando semanas después escucharon cómo aullaba desde un remoto barranco, entendieron que de un modo u otro había logrado seguir con vida. Era imprescindible anular su amenaza como resultara posible. Armaron un piquete de gente armada para ir detrás de él, cuyo cometido –fuera el que fuera– terminó por transformarse en un cuerpo a disposición del sheriff, cuando uno de los generalmente mal vistos efectivos policiales estatales halló por mera casualidad a los del piquete, les hizo varias preguntas y finalmente se sumó al grupo.

Llegado el tercer día dieron con Slater, desmayado y escondido en un árbol hueco; lo llevaron detenido a la prisión más cercana, donde especialistas de Albany lo revisaron apenas volvió en sí.

Según manifestó entonces había ido a dormir una tarde, cerca del anochecer, después de emborracharse. Se había despertado para descubrirse en la nieve y ante su cabaña, con las manos tintas en sangre y el cuerpo mutilado de su vecino Peter Sladen tendido a sus pies. Horrorizado, se había escondido los bosques en un intento inútil por escapar a la imagen de lo que debía ser su crimen. Además de lo anterior nada más refería conocer, sin que el peritaje médico lograse aportar otros elementos.

Esa noche Slater durmió serenamente y despertó a la mañana siguiente sin más trastornos que una alteración gestual. El doctor Barnard, a cargo de la observación del paciente, supuso detectar en sus ojos claros un singular brillo y en sus labios flojos determinada tirantez, casi imperceptible, como de inteligente voluntad. Mas al ser interrogado Slater se refugió en la vacuidad característica de los montañeses. Se limitó a repetir lo que ya había declarado antes.

A la tercera mañana se produjo el primero de los ataques del sujeto. Después de algunas señales de desasosiego durante el sueño, estalló en un ataque tan tremendo que resultó necesaria la energía combinada de cuatro hombres para reducirlo, empleando un chaleco de fuerza. Los expertos escucharon con la mayor atención sus declaraciones, puesto que su interés se veía acrecentado por las sugerentes -pero en gran proporción, también delirantes- historias de familia y vecinos.

Slater deliró como un cuarto de hora, tartamudeando en su jerga rústica respecto de inmensas construcciones luminosas, mares espaciales, raros acordes musicales y cordilleras tenebrosas y hondonadas. Empero, fundamentalmente habló acerca de un ente enigmático y fulgurante, uno que temblaba, se reía y se mofaba a su costa. Esta gran entidad, tan difusa, al parecer lo había dañado espantosamente, y su mayor anhelo era acabar con ella, tomándose una victoriosa revancha. A fin de lograr su objetivo, refería Slater, estaba obligado a remontar simas espaciales, arrasando con cualquier obstáculo que encontrase. Tal era su expresión, que terminó abruptamente: el fervor demencial que lo animaba se borró de su mirada y con un sucio estupor miró a uno y otro de los especialistas, preguntando por qué razón se encontraba maniatado. El doctor Barnard hizo que le quitaran el arnés de cuero y no mandó que se lo se lo colocaran hasta que llegó la noche, cuando logró convencer a Slater de que lo aceptara por su propio bien. El hombre había admitido que en ocasiones se expresaba de un modo marcadamente singular, pese a que ignoraba la causa de ese fenómeno.

Durante una semana sufrió otro par de ataques, pese que los expertos aprendieron poco y nada acerca de ellos. Especularon mucho sobre el origen de las visiones de Slater, puesto que siendo como era analfabeto, y según se suponía no habiendo en todo su vida escuchado leyendas o cuentos de hadas, su sorprendente capacidad imaginativa carecía de un explicación plausible... El hecho de que aquello no provenía de los mitos ni las leyendas era asunto superlativamente remarcado entendiendo que ese infeliz desquiciado, cuando hablaba refiriéndose a sí mismo, empleaba un lenguaje muy básico. Deliraba sobre asuntos que no comprendía y menos aún podía interpretar. Asuntos de los que decía haber participado, sucesos que era incapaz de haber pergeñado mediante el acceso a ninguna fuente narrativa regular o dotada de coherencia. Rápidamente los médicos concluyeron que en esos onirismos anómalos estaba la clave del enigma. Eran sueños tan vivaces que durante ciertos períodos resultaban capaces de adueñarse de la conciencia en vigilia de aquel pobre diablo, tan elemental, tan inferior. De todas maneras fue Slater procesado bajo el cargo de asesinato, según las regulaciones vigentes; mas resultó absuelto merced a su estado demencial e internado en ese manicomio donde yo brindaba mis modestos aportes laborales.

Antes acepté que soy un inquebrantable investigador de la existencia onírica y a causa de ello se puede comprender con cuánta falta de paciencia me entregué al examen del nuevo internado, apenas conocí a fondo los sucesos relacionados con su caso. Slater se mostraba algo inclinado hacia mí, una simpatía generada seguramente por el inocultable interés que yo sentía por él, sumado a la gentileza y consideración con las que me conducía en mis investigaciones. Jamás alcanzó a reconocerme en el curso de sus ataques, cuando yo me veía suspendido y sin aliento sobre sus confusas y cósmicas descripciones. Sí me reconocía en sus momentos de serenidad, estadios en los que podía Slater tomar asiento cerca de su ventana cerrada con barrotes de acero, para entregarse a la cestería y tal vez extrañando su libertad montañesa, un bien del que ya no volvería a gozar.

Ningún familiar vino a visitarlo y con toda probabilidad su familia ya habría dado con otro momentáneo jefe, tales son las costumbres aberrantes de esos sujetos de las montañas.

Paulatinamente surgió en mí una dominante admiración por las disparatadas y fantasiosas creaciones del recluso Slater: en sí mismo resultaba lastimosamente inferior, por su deplorable nivel mental y su pésima expresión, mas sus fulgurantes y colosales descripciones indudablemente provenían de una mente elevadísima... ¿De qué manera, tantas veces me hice esta pregunta, era capaz la mente básica de un imbécil de Catskill de concebir un tipo de visiones cuya mera existencia recalcaba la presencia de una veta de genialidad? ¿Cómo podía aquel patán hacerse una idea acerca de esas áreas resplandecientes de brillos y espacios más allá de lo humano, fantasías sobre las que Slater deliraba durante sus frenesíes? Cada vez en mayor medida iba tomando cuerpo en mí la noción de que, en el lamentable sujeto agazapado ante mí, se ocultaba el núcleo distorsionado de algo que se hallaba más allá de mi entendimiento, así como de la comprensión de mis colegas dotados de mayor experiencia pero asimismo de una menor capacidad imaginativa.

Pese a todos estos factores yo no alcanzaba a sacar algo en limpio: el fruto de mis investigaciones se encontraba en que, viviendo un estadio onírico y semicorporal, Slater vagaba atravesando fulgurantes y extraordinarios valles, planicies, jardines, urbes y palacios luminosos, presentes en un área vedada e ignota para el resto de la humanidad. Un sitio donde dejaba de ser un campesino y un ser aberrante para convertirse en uno de existencia elevada y muy activa. Allí se desplazaba soberbia y dominantemente, expresamente abocado a la búsqueda de un letal antagonista, una criatura de aspecto visible pero etéreo, aparentemente no humana, dado que Slater nunca se refería a ella como si fuera otro hombre... Esa criatura había dañado odiosamente a Slater, ocasionándole un perjuicio no explicitado y del cual el alienado había prometido tomarse revancha. Por el modo en que Slater hablaba de sus relaciones, me incliné a suponer que él y esa cosa luminosa se habían encontrado en una condición equilibrada y que, por ende, en su estadio onírico ambos eran seres correspondientes a un mismo linaje. Esto se basaba en las repetidas alusiones a vuelos espaciales y a destruir cuanto se le pusiera delante... Empero, esas nociones eran vertidas apelando a groseras expresiones, de ninguna manera las convenientes para describirlas. Sopesando esa característica concluí que, si un universo onírico poseía una existencia genuina, la expresión oral no era el instrumento de comunicación de las ideas... ¿Sería factible que el espíritu del soñador que moraba en ese cuerpo inferior bregara denodadamente, intentando manifestar asuntos que la mera torpeza era incapaz de referir? En verdad... ¿me encontraba ante emanaciones intelectuales adecuadas para explicar el enigma, a condición de ser capaz de aprender a descubrirlas e interpretarlas? No le comuniqué a mis veteranos colegas mis conclusiones: la madurez es descreída, adolece de cinismo y se encona contra las nociones novedosas. Asimismo, el director del manicomio en los últimos tiempos me recriminó –sin perder su acostumbrado paternalismo– que yo estuviese trabajando en exceso; en su concepción, lo que yo precisaba era mayor descanso.

Yo había mantenido prolongadamente la suposición de que el pensamiento humano se basa en movimientos atómicos y moleculares que se metamorfosean en ondas etéreas de energía radiante, como el calor, la luz y la electricidad. Ello me llevó enseguida a sopesar la probabilidad de que se pudiese concretar la comunicación telepática o psíquica mediante el empleo de la tecnología adecuada.

De hecho, durante mi carrera universitaria había diseñado instrumentos de transmisión y recepción, de algún modo semejantes a los complicados mecanismos empleados por la telegrafía inalámbrica vigente en el estadio anterior a la radiofonía. Había experimentado mis diseños con el concurso de un camarada estudiantil, mas sin resultados. Desilusionado, había arrinconado ese instrumental junto con otras extravagantes invenciones de índole científica, aunque resguardaba la esperanza de su factible empleo en el porvenir. Entonces, impulsado por mi irrefrenable anhelo de ingresar en la existencia onírica de Joe Slater, otra vez apelé a mis espaciales instrumentos y consagré varios días a aprontarlos. Apenas estuvo mi equipo en condiciones de ser operado nuevamente, aproveché la primera chance que se me presentó: con cada ataque de Slater aplicaba el transmisor a su frente y el receptor a la mía, calibrando delicadamente sus alcances para intentar abarcar diversas y supuestas longitudes de onda de la energía mental. Yo tenía una escasa noción acerca de en qué modo las impresiones mentales, si se establecía efectivamente la comunicación, generarían una respuesta inteligente en mi cerebro; mas estaba yo convencido de que sería capaz de identificarlas y realizar su adecuada interpretación. De manera que continué experimentando, guardando esa práctica en el mayor secreto.

Aquello tuvo lugar, en definitiva, el 21 de febrero de 1901. Años más tarde, rememorando lo acontecido, alcanzo a comprender qué cosa tan irreal puede parecer lo sucedido.

En ocasiones me pregunto si el anciano doctor Fenton no tenía razón al endilgarle el conjunto a mi imaginación sobrepasada. Recuerdo que me escuchó con gran amabilidad y pacientemente cuando se lo narré, pero a continuación me suministró calmantes y me concedió una licencia extraordinaria de seis meses, a disfrutar a partir de la semana entrante.

Esa maldita noche yo estaba muy perturbado puesto que, a pesar del cuidado recibido, Joe Slater había entrado en una agonía irreparable; la causa tal vez radicara en su perdida libertad o en que la turbación de su mente se había tornado insoportable para su organismo, por naturaleza tan ocioso. De todas maneras, la vida se extinguía en él. Ya en el final estaba adormilado y cuando descendió la noche cayó en un agitado sueño. No le hice aplicar el chaleco de fuerza, como era de práctica en sus horas de reposo, puesto que su extremada debilidad lo hacía inútil, inclusive si reaparecía su trastorno psíquico antes de su fallecimiento.

Empero apliqué en su cráneo y el mío las terminales de mi radio cósmica, buscando, en contra de la más mínima esperanza, captar un primer y postrer mensaje del universo onírico en el brevísimo tiempo que faltaba para el deceso. Teníamos Slater y yo por única compañía, en la celda de reclusión, a un enfermero que era un sujeto mediocre, por completo incapaz de comprender el uso que yo le daba a ese aparato, por lo que ninguna cuestión habría de hacer ante mi proceder. Según se iban deslizando las horas observé que su cabeza se desmoronaba con desmayo en el sueño, pero me abstuve de ocasionarle la menor molestia. En mi propio caso, con el arrullo de la rítmica respiración tanto del sano como del agonizante, principié a dar cabezazos a poco de encontrarme allí.

Un sonido de compases líricos y gran rareza me devolvió a la vigilia: una serie de acordes, vibraciones y éxtasis armónicos resonaba apasionadamente por todas partes, mientras ante mi mirar embrujado surgía imponente la belleza suprema. Muros, columnatas y arquitrabes ígneos y vivaces llameaban alrededor del lugar donde yo creía estar flotado en el aire, elevándose hasta alcanzar una bóveda alta, de inenarrable hermosura. Mixturado con ese desarrollo de una tan imponente magnificencia –o tal vez mejor expresado, en ocasiones ocupando su lugar con una vertiginosa rotación– se apreciaban fulgores de vastas planicies y deliciosos valles, formidables cadenas montañosas y sugestivas cavernas, provistos de todos los pormenores imaginarios que mi visión desbordada era capaz de pergeñar, pero conformados en cierto material brillante, etéreo y de cualidades plásticas, de índole tanto espiritual como material.

De acuerdo a lo que podía comprobar, hallé que la clave de esta fascinante mutación residía en mi propia mente, puesto que cada visión que surgía frente a mí consistía en aquella que mi lábil intelecto anhelaba admirar. En tales jardines paradisíacos no era yo un forastero: cada imagen y sonido era para mí cosa familiar, como lo fuera durante secciones de eternidad sin final en el pasado y como sería en el curso de las eternidades por venir.

Posteriormente el aura refulgente de mi hermano en la luz se me aproximó y mantuvo contacto conmigo, cada alma conectada con la otra; silente y absoluta comunión mental.

Ese era el instante de un cercano triunfo, puesto que: ¿acaso no escaparía mi camarada, definitivamente, de una opresora esclavitud, aprontándose a seguir al infame hasta en los más elevados sectores etéreos, sobre las áreas donde arrojaría una incandescente revancha cósmica que iba a hacer temblar los planetas? De ese modo flotamos por un lapso, hasta que percibí determinado oscurecimiento y una difuminación de las cosas en torno, tal como si alguna clase de energía reclamara mi comparecencia terrestre. Justamente, el último sitio donde deseaba encontrarme. La criatura vecina a mí al parecer también percibía algún tipo de modificación: paulatinamente fue conduciendo aquello que manifestaba a su final y ella misma se aprontó para dejar aquel sitio, disolviéndose ante mí de una manera menos veloz que todo lo demás. Intercambiamos todavía algunos pensamientos y comprendí que estábamos siendo requeridos por nuestras sujeciones, a pesar de que esa ocasión resultaría la postrera para mi hermano en la luz. En el dolorido caparazón del planeta daría con su final antes de una hora y mi camarada sería liberado, para poder seguir a su opresor atravesando la Vía Láctea y allende las últimas estrellas, incluso hasta las fronteras del cosmos...

Un shock concreto diferencia mi última sensación acerca de la mermada escena luminosa de mi súbito despertar, a medias abochornado, de igual modo que al momento en que me erguí de mi asiento al advertir la agónica presencia que se agitaba en el catre. En definitiva Joe Slater despertaba, seguramente por última vez. Examinándolo con mayor atención, observé que tenía ahora ciertas manchas en sus mejillas y que asimismo sus labios lucían distintos: se veían fuertemente apretados, ceñidos por una naturaleza dotada de mayor decisión que la antes propia de Slater.

Luego la tensión invadió completamente su semblante y su cráneo giró desasosegado, manteniendo él sus ojos bien cerrados. No hice despertar al enfermero; lo que implementé fue el reajuste del mecanismo en su cabeza, mi "radio" telepática, tratando de capturar algún mensaje que emitiera el soñador. Simultáneamente la cabeza giró en mi dirección y sus párpados se abrieron con brusquedad, inquietándome muy vivamente. Aquel que alguna vez fue Joe Slater, el sujeto aberrante de Catskill, entonces me escrutaba con mirada luminosa, sus ojos abiertos al máximo, de un celeste que semejaba haberse tornado más hondo. No se percibía manía ni rasgos de degeneración en su modo de mirar; comprendí persuadido que me hallaba ante un semblante que guardaba una mente activa y de primer nivel.

En esas instancias, mi mente principió a aceptar una pausada influencia externa que actuaba sobre mi voluntad. Cerré mis ojos a fin de concentrar mayormente mi pensamiento y fui recompensado por el reconocimiento concreto de que el mensaje psíquico –por ende, aguardado– arribaba de una vez por todas. Cada noción se conformaba velozmente en mi cerebro y pese a que no empleaba ninguna lengua contemporánea, mi acostumbrada asociación de ideas era tan amplia que yo creía recibir esa comunicación en inglés ordinario.

Joe Slater había fallecido: de tal modo llegó hasta mí la relevante voz, o el agente de allende las paredes del sueño. Con los ojos abiertos busqué el catre del dolor, pleno de un miedo que no acertaba a explicarme. Empero los ojos claros todavía me miraban serenamente y aún los rasgos demostraban haber sido animados por una destacada inteligencia. Se hallaba mejor muerto: no era apto para contener el nivel intelectual de una criatura del cosmos y su grosero organismo era incapaz de sobrevivir a los imprescindibles calibramientos entre la existencia en el éter y la terrestre. Superaba en mucho a una bestia, pero le faltaba demasiado para ser humano, aunque merced a sus taras alcanzó a descubrirme, puesto que ciertamente los espíritus del cosmos y los de los planetas no tendría que mantener nexos jamás. Resultó mi tortura y mi cárcel por cuarenta y dos años de vida terrenal: soy un ente similar a lo que tú mismo admites en la libertad que brinda el sueño sin sueños; tu hermano en la luz, el que flotó contigo a través de las hondonadas fulgurantes, y no tengo permiso para comunicarme con tu ser terrestre, despierto, en referencia a tu ser real, mas somos viajeros por los vastos espacios y las incontables eras. El año que viene tal vez me encuentre viviendo en el oscuro Egipto —aquel que denominas el antiguo Egipto—, o en el cruento imperio de Tsan-Chan, ese que advendrá cuando transcurran tres mil años. Ambos derivamos entre los mundos que bailan alrededor del rojo Arturo y donde moran los cuerpos de los filósofos con figura de insecto, esos que soberbios reptan en la superficie de la cuarta luna jupiteriana. ¡Qué pequeño es el saber del ser terrestre sobre la existencia y sus alcances! ¡Qué pequeño debe ser, para poder garantizar su propia serenidad! De aquel que oprime, no puedo hablar. Ustedes, en la Tierra, percibieron inconscientemente su remota presencia... ustedes, que sin conocimiento ni mayor preocupación, le otorgaron a su parpadeante faro el nombre de Algoz, la estrella demoníaca. Es para hallar y vencer al opresor que inútilmente me afané durante eones, retenido por ligaduras corporales. Esta noche partiré como una Némesis, llevando una justa y centelleante revancha catastrófica conmigo. Contémplame en el firmamento cercano a la estrella demoníaca.

No puedo decir demasiado más: el organismo de Joe Slater se torna gélido y duro; el cerebro tan elemental deja ya de vibrar como es mi anhelo que lo haga. Fuiste mi hermano cósmico y mi exclusivo amigo en este mundo, la única alma que sintió y me buscó, estando inmerso en la infame forma que ahora yace aquí. Nos vamos a encontrar nuevamente, tal vez en las brillantes neblinas de la Espada de Orión, posiblemente en una abandonada meseta del Asia prehistórica o en un sueño, durante esta misma noche, que no va a ser factible recordar. Tal vez bajo otra forma, en las eras del futuro, cuando se haya extinguido el sistema solar.

En ese instante las ondas mentales se llamaron abruptamente a silencio y los pálidos ojos del soñador —¿debo decir el occiso?— principiaron a mostrarse tan vidriosos como los de un pescado. A medias inmerso en un notable estupor, me aproximé al catre y aferré su muñeca, para comprobar que carecía de pulso y calor. Las demacradas mejillas empalidecieron aun más y los labios tensos se entreabrieron, descubriendo la asquerosa dentadura cariada del aberrante Joe Slater. Sufrí un escalofrío, cubrí con una manta ese espantoso semblante y traté de que el enfermero despertase. Después dejé aquel sitio y retorné a mi cuarto sin decir una palabra. Era imperativo para mí dormir y no recordar mis sueños.

¿Cuál fue el punto máximo de todo aquello? ¿Qué básico relato de tipo científico puede fanfarronear acerca de tal efecto de la retórica? Meramente relaté asuntos que supongo genuinos, permitiendo que ustedes los interpretaran a su gusto. Ya admití que mi jefe, el anciano doctor Fenton, reniega de la realidad de cuanto mencioné: sostiene que yo sufría un colapso, fruto de la tensión nerviosa y muy necesitado de las prolongadas vacaciones pagas que tan generosamente me otorgó sin hesitar. Confirma por su honor como profesional que Joe Slater no era más que un demente irrecuperable, cuyas fantasiosas elucubraciones provenían de la grosera herencia de relatos populares que circulan todavía a través la más degenerada de las comunidades. Eso es lo que afirma el anciano doctor Fenton. Sin embargo, no puedo arrojar al olvido cuanto avizoré en el firmamento, pasada esa noche con Slater. Para evitar que me supongan un testigo venal, será otra mano la que brinde este postrer alegato, el que tal vez pueda suplantar el punto culminante que estaban ustedes aguardando. Voy a reseñar el siguiente informe acerca de la estrella Nova Persei, tomado de las anotaciones de esa calificada autoridad astronómica, el profesor Garrett P Serviss.

"El 22 de febrero de 1901, una novedosa y extraordinaria estrella resultó descubierta por el doctor Anderson, de Edimburgo, cercana a Algol. Ningún otro cuerpo astral era antes visible en ese sector. En 24 horas, la ignota estrella alcanzó el fulgor adecuado a para poder opacar del de su similar Capella. En un par de semanas su fulgor había mermado ostensiblemente. En algunos meses más resultaba apenas avizorable a simple vista."

La Estrella Polar

El fulgor de la Estrella Polar ingresa por la ventana que se encuentra en la pared norte de mi cuarto. Allí brilla durante las horas horrendas signadas por las tinieblas. En el curso de la temporada otoñal, en momentos en que los vientos norteños sollozan y maldicen, y los árboles del cenagal, con sus hojas enrojecidas, murmuran sus asuntos en las horas iniciales de la madrugada, bajo la luna menguante y cornuda, tomo asiento frente a la ventana y admiro esa estrella. En la altura tiembla el brillo de Casiopea, durante horas, al tiempo que la Osa Mayor sube pesada detrás de aquellos árboles húmedos gracias al vapor que el viento nocturno estremece. Antes del inicio del día, Arturo parpadea colorado sobre el cementerio de la colina, y la Cabellera de Berenice fulgura fantasmal allí, en el enigmático este. Mas la Estrella Polar sigue mirando recelosa, fijada en el mismo sector de la bóveda tenebrosa, parpadeando horrendamente, como un ojo pleno de insensatez; un guardián que brega por comunicar cierto raro mensaje pese a que nada rememora, excepto que cierto día sí tuvo alguna cosa que comunicar. Empero, si el firmamento se muestra envuelto en nubes, logro dormir.

No podré sepultar en el olvido, jamás, esa noche, que fue la de la magna aurora, mientras jugaban en la ciénaga los espantosos fulgores de una iluminación diabólica. Luego de ellos arribaron las nubes; después vino el sueño, y debajo de la luna menguante y cornuda avizoré la ciudad por vez primera, presente –muda y adormecida– sobre una meseta que se elevaba en una depresión hundida entre raros picachos. Sus muros estaban hechos de un mármol horrendo, así como sus torreones, columnatas, cúpulas y el pavimento. En sus calles se alzaban columnas marmóreas, sosteniendo esculturas de modelos graves, de hombres con barbas. La atmósfera era cálida y serena. En la altura, a unos 10 grados del cenit solamente, refulgía la Estrella Polar. Durante un período prolongado permanecí admirando la urbe sin que se acercara el día y cuando el enrojecido Aldebarán –el que parpadea bajo sin ponerse– llevaba recorrida la cuarta parte de su senda en el horizonte, observé que había luces y actividad tanto en las viviendas como en las calles; figuras con rara vestimenta, simultáneamente dotadas de nobleza y que me resultaban conocidas, pululaban a la luz de la luna menguante y cornuda. Esos individuos empleaban un idioma que yo podía comprender, aunque difiriera del que yo hablaba. En momentos en que el enrojecido Aldebarán completó más de la mitad de su periplo, retornaron el mutismo y también las tinieblas.

Al despertar ya no fui el de antaño, impresa como estaba en mi mente la ciudad. En mi espíritu había cobrado forma un neblinoso recuerdo, cuya índole no estaba persuadido entonces de conocer. Posteriormente, en las noches nubladas, cuando lograba acceder al sueño, vislumbré muy seguidamente esa urbe. En ocasiones bañada por los caídos y áureos rayos solares, venidos de un astro que no conocía el ocaso y giraba y giraba en torno del horizonte. Si las noches eran claras, la Estrella Polar miraba al sesgo, de un modo que antes no tenía.

Paulatinamente di en preguntarme cuál era mi lugar en esa ciudad de la rara meseta entre picachos extraños y feliz en un comienzo al admirar el paraje —como siendo algo sin cuerpo que todo lo apreciaba— anhelé con posterioridad establecer cuál era mi relación con aquel sitio y poder comunicarme con los individuos de tanta gravedad que cada día discutían en sus plazas. Me dije: *"No se trata de un sueño. ¿Cómo podré demostrar que es más real esa existencia de las viviendas de piedra y ladrillos, al sur del ominoso cenagal y del osario de la colina, allí donde cada noche la Estrella Polar espía furtivamente a través de mi ventanal?"*.

Cierta noche, al tiempo que atendía a las conversaciones en la amplia plaza dotada de tantas estatuas, sufrí una transformación y comprobé que finalmente poseía forma corpórea. Mas no era un forastero en las calles de Olathoe, la urbe de la meseta de Sarkia, ubicada entre los picachos Noton y Kadiphonek. Era mi amigo Alos aquel que me dirigía la palabra y cuanto me decía resultaba agradable para mi espíritu. Eran las suyas las palabras propias de sujeto sincero y patriota. Dicha noche supe de la caída de Daikos y del avance de los inutos, demonios retorcidos, amarillentos y horrendos, los que un lustro antes habían venido del ignoto occidente para asolar las fronteras de nuestros dominios y ponerle sitio a gran número de nuestros poblados. Ya capturadas las fortificaciones en el pedemonte de las montañas, su derrotero quedaba franco hacia la meseta, de no mediar que cada ciudadano los resistiera dotado con las energías de una decena de efectivos. Ello, porque esas obesas criaturas eran hábiles en toda suerte de destrezas bélicas, siendo para ellas desconocidos esos pruritos honorables que les vedaban a nuestros hombres, de alta estatura y grises pupilas, los que viven en Lomar, llevar adelante una impiadosa campaña militar.

Alos, mi amigo, comandaba el conjunto de las fuerzas que defendían la meseta y era las postrera esperanza nacional. Entonces se refería a los riesgos que debían ser arrostrados y apostrofaba a los de Olathoe, los más valientes de todos los lomarianos, para que continuaran las tradiciones ancestrales, aquellas que llevaron a nuestros antepasados, cuando se vieron forzados a dejar Zobna y moverse hacia el sur por el avance de los hielos –inclusive aquellos que desciendan de nosotros deberán dejar alguna vez Lomar– a batir con bizarría y victoria completa a los gnophkehs, los peludos antropófagos de brazos anormalmente largos que se resistían a su avance. Alos no me había aceptado en calidad de combatiente, porque yo era débil e inclinado a sufrir raras pérdidas del conocimiento si debía soportar esfuerzos y agotamiento. Sin embargo mi mirada era la más poderosa de la ciudad, pese a las prolongadas lecturas diarias que efectuaba de los Manuscritos Pnakóticos y del conocimiento heredado de los padres zobanarianos. Mi amigo, no deseando entregarme a la falta de acción, me otorgó el penúltimo deber en importancia: me envió a la atalaya de Thapnen para hacer en ella de centinela. Si los inutos intentaban apoderarse de la ciudadela por el angosto paso que se encuentra detrás del picacho Noth, y sorprender de tal modo a su dotación, yo encendería una señal ígnea que diera el alerta a los efectivos que se hallaban a la espera, evitando el seguro aniquilamiento de nuestro asentamiento.

A solas ascendí a la torre, puesto que los más vigorosos de los nuestros eran absolutamente imprescindibles abajo, en las salientes; yo tenía mi mente trastornada por la fatiga y la ansiedad. No había conciliado el sueño durante varios días, más mi decisión era cosa concreta. Amaba mi tierra de nacimiento, así como a la marmórea Olathoe, plantada entre los picachos Noton y Kadiphonek. Empero ya me hallaba en el recinto más elevado del torreón cuando advertí esa luna rojiza, ominosa, en cuarto menguante, con sus cuernos, temblequeando entre la neblina que flotaba sobre el remoto valle Banof. Y a través de un agujero del techo fulguró la empalidecida Estrella Polar, parpadeando como dotada de vida, furtiva como el demonio de las tentaciones. Supongo que ese espíritu susurró en mis oídos consejos malignos, sumergiéndome en el traicionero adormecimiento con una ritmada y abominable promesa, repetida incansablemente: *"descansa, centinela, hasta que los planetas orbiten por veintiseis mil años y retorne yo del sitio donde hoy me abraso. Luego advendrán en el firmamento cuerpos celestes que serenen y bendigan. Pero eso solamente acontecerá cuando mi órbita termine y perturbe tu puerta el pretérito".*

Inútilmente probé de imponerme sobre mi adormilamiento, forzándome a establecer un nexo entre tan enigmáticas expresiones y alguno de los conocimientos aprendidos merced a los Manuscritos Pnakóticos. Mi cabeza me pesaba y mi ánimo hesitaba; finalmente la dejé caer sobre el pecho y al tornar a mirar, lo hice ya dentro de un sueño: la Estrella Polar reía mofándose a través de una ventana, por sobre los horrendos árboles que se sacudían en un cenagal onírico... ¡y luego seguí soñando!

Abochornado y desesperado en ocasiones aúllo con frenesí, rogándole a los seres del sueño en torno de mí que hagan algo por mi despertar, no sea que los inutos asciendan por la porción trasera del Noton y se apoderen sorpresivamente de la plaza. Mas ellos, los que me rodean, son de naturaleza diabólica y se burlan de mí, asegurándome que este no es un sueño. Ellos se burlan de mí, mientras yo sueño, y al mismo tiempo es posible que nuestros antagonistas, rechonchos y amarillentos, se estén aproximando a nuestras posiciones con la mayor cautela. Traicioné lo que me habían encomendado, traicioné a Olathoe, la ciudad de mármol. No fui leal a Alos, que es mi amigo y mi comandante. Empero estas sombras oníricas se mofan de mí, diciendo que Lomar no existe más que en mis delirios nocturnos y que en esos parajes bañados por la Estrella Polar y donde refulge en las alturas el rojizo Aldebarán que repta parsimonioso a través del horizonte, nunca hubo más que hielo y nieve, así durante millares de años. Tampoco, aseveran, más habitantes que esos seres gordinflones y amarillentos, ajados por el frío y que son llamados "esquimales".

Mientras redacto todo esto, sumido en mi culposa agonía, desesperado por poner a salvo a la ciudad –cuyo riesgo se incrementa segundo tras segundo– brego inútilmente por salir de esta pesadilla. Aquí, donde según parece, me encuentro en una casa de piedra y ladrillos, situada al sur de una ominosa ciénaga y donde en la cumbre de una colina se muestra un osario, mientras que la Estrella Polar, maligna suma de todas las monstruosidades, se muestra en la bóveda tenebrosa y titila horripilante, tal como un ojo pleno de insensatez, uno que insiste en comunicar cierto mensaje, a pesar de que nada puede recordar, excepto que alguna vez sí tuvo algo que comunicar.

En referencia al finado Arthur Jermyn y los suyos

Vivir es algo horrendo. A partir de lo que conocemos de la trastienda de la vida, surgen señales diabólicas que, en ocasiones, incrementan lo espantosa que resulta. El conocimiento científico, de por sí ya opresor por sus formidables revelaciones, posiblemente resulte ser lo que acabe de una vez y para siempre con nuestra especie; ello, en caso de que seamos los humanos una especie diferente, pues sus disponibilidades en cuanto a impensables horrores nunca podrán ser comprendidas por nuestras mentes, si es que se concretan sobre este mundo.

En caso de que conociéramos qué somos, obraríamos como lo hizo Arthur Jermyn: él se empapó de petróleo y se prendió fuego cierta noche. Ninguno resguardó sus despojos en una urna, nadie le dedicó un monumento fúnebre, puesto que salió a la luz determinada documentación, se encontró una cierta cosa en el interior de una caja y ello obligó a olvidar... Incluso varias personas que lo trataron hoy aventuran que nunca existió.

Arthur Jermyn salió al yermo y se incendió a sí mismo tras de ver el objeto de la caja, venido de África. Fue este objeto –no su extraño aspecto personal– lo que forzó su suicidio. Numerosos resultan ser aquellos que no habrían podido soportar continuar viviendo de poseer los llamativos rasgos de Arthur Jermyn; mas era un poeta y también un científico. Jamás le brindó atención a su apariencia física.

El conocimiento corría por sus venas: su bisabuelo, el barón Robert Jermyn, había sido un célebre antropólogo, mientras que su tatarabuelo, Wade Jermyn, fue uno de los primeros exploradores del Congo, el autor de varios tratados eruditos acerca de las tribus locales, la fauna y referidos también a unas pretendidas ruinas. En efecto: Wade tenía el don de un celo intelectual casi asignable a la manía; su extraña teoría sobre una civilización congoleña blanca lo hizo el objetivo de encarnizadas críticas, al editarse sus *"Reflexiones sobre las diversas regiones de África"*. Llegado 1765, este temerario explorador terminó recluido en un asilo para orates ubicado en Huntingdon.

La suma de los Jermyn mostraba indicios de demencia y las personas sentían júbilo al confirmar que no se trataba de una familia numerosa. Su linaje no tenía ramificaciones secundarias; en verdad, Arthur fue el último descendiente con tal apellido. Caso contrario se ignora qué hubiese tenido lugar tras el arribo de aquel objeto.... Nunca los Jermyn ofrecieron un aspecto absolutamente normal. Algo extraño se notaba en ellos, pese a que el caso de Arthur fue el peor, y los añejos retratos familiares de la estirpe Jermyn, aquellos previos a Wade, mostraban semblantes de inocultable belleza. Por supuesto que la demencia tuvo su principio con aquel Wade, cuyas rarísimas historias africanas representaban simultáneamente el mayor deleite y el más crecido terror para sus flamantes amigos. Quedó reflejado aquello en su colección de trofeos y especímenes, muy diferentes de los que un sujeto normal coleccionaría y preservaría. Ello se puso llamativamente de manifiesto en la reclusión oriental en la que se empeñó en mantener a su esposa. Era, así decía él, la hija de un comerciante portugués con quien había trabado relación en África, y no compartía los hábitos británicos. La trajo consigo (también a un hijo africano de corta edad) cuando retornó de la segunda y más prolongada de sus expediciones. Posteriormente su mujer fue con él cuando realizó el tercer periplo al Continente Negro, más de ese no volvió...

Ninguno pudo ver de cerca a esa mujer –tampoco la servidumbre– a causa de su naturaleza rara y muy violenta. El poco tiempo que la señora de Wade permaneció en la propiedad ancestral de los Jermyn se alojó en un sector apartado y recibió atenciones exclusivamente brindadas por su esposo. Por cierto Wade se mostró invariablemente muy particular en cuanto a cómo atendía a los suyos: al volver de África no permitió que ningún otro se ocupase de su vástago, excepto una asquerosa negra de Guinea. A su retorno, tras la desaparición de lady Jermyn, se ocupó por completo de cuidar del chico.

Mas fueron los dichos de Wade, particularmente cuando se embriagaba, los que llevaron a suponer a sus amistades que había perdido la chaveta. En un período tan racional como lo fue el siglo XVIII, era un atrevimiento que un hombre de ciencia se refiriese a visiones disparatadas y raros paisajes bajo la luna congoleña y que hablase de los colosales muros y las columnas de una urbe perdida, arruinada y poseída por la selva exuberante. No era admisible que narrara cosa alguna respecto de húmedas y escondidas escaleras que bajaban sin final avizorable hasta las tinieblas de bóvedas y criptas impensables. En particular era demasiado osado para la época delirar acerca de las criaturas que pululaban por esos sitios, a medias seres selváticos y a medias propios de esa urbe impiadosa y primigenia. Criaturas a las que el mismísimo Plinio habría contemplado sin aceptar lo que vieron sus ojos, seres que podrían haber aparecido después de que los simios ocuparan la agonizante ciudad amurallada y sus columnas, las criptas y el sitio de los enigmáticos monumentos.

Sin embargo, realizada su última expedición, Wade insistía acerca de esas cosas con un fervor tembloroso y pleno de misterios, singularmente tras la ingesta de su tercera copa en el Knight's Head, fanfarroneando con respeto a sus hallazgos en la jungla y su permanencia entre unas ruinas espeluznantes, sólo conocidas por él. Su relato se desarrollaba de tal modo, cuando abordaba lo de las criaturas que había encontrado, que se decidió recluirlo en el loquero: no se mostró apesadumbrado cuando lo arrojaron a la celda con barrotes de Huntingdon, puesto que su mente funcionaba anormalmente. Desde el momento en que su vástago comenzó a abandonar la etapa infantil, a su padre le fue gustando en menor medida el hogar, hasta que por último se mostró asustado de vivir allí. El Knight's Head alcanzó a transformarse en su domicilio diario. Cuando fue recluido hasta expresó un difuso agradecimiento, tal como si al encerrarlo lo estuviesen protegiendo. Pasaron tres años hasta que falleció.

Philip, el primogénito de Wade Jermyn, resultó ser un individuo de una anormalidad inédita y conocido. Pese a la gran semejanza que en lo físico mantenía con su progenitor, su aspecto y la conducta que tenía resultaban, en numerosos pormenores, tan grotescos que las demás personas culminaron por evitar encontrarse con él.

Pese a que no heredó la demencia paterna, como tantos recelaban, resultaba ser muy torpe e inclinado a sufrir ataques violentos. Era corto de estatura, mas tenía una fuerza y agilidad impresionantes. Doce años después de recibir el título nobiliario contrajo enlace con la hija de uno de sus guardabosques, uno que se rumoreaba que era gitano; empero, previamente al nacimiento de su hijo, se presentó en calidad de voluntario en la marina, con el grado de marinero raso. Aquello fue el colmo, sumado al asco generalizado que provocaron sus hábitos y su matrimonio. Culminada la contienda con las colonias americanas, se dijo que se había embarcado como tripulante en un mercante aplicado al comercio con África. En dicho cargo se tornó muy conocido a causa de su fuerza y su habilidad para trepar a la arboladura del buque, aunque cierta noche terminó por esfumarse, en momentos en que la nave había anclado en la costa congoleña.

Con el hijo de Philip Jermyn la ya difundida singularidad de la familia tomó un rumbo raro y letal. De buena estatura y presencia, dotado de una suerte de enigmática gracia oriental —contrastando ello con unas dimensiones físicas muy particulares— Robert Jermyn dio comienzo a una existencia erudita y aplicada a la investigación. Resultó ser el primero en abocarse desde un punto de vista científico al estudio de la dilatada colección que su loco abuelo trajo de África, tornando famoso el apellido de su estirpe entre los etnólogos y los exploradores. En 1815 se casó con la hija del séptimo vizconde de Brightholme; en razón de tal enlace recibió la bendición de tres hijos, el mayor y el menor de los cuales nunca se mostraron en público por adolecer de anormalidades de naturaleza mental y física. Oprimido por tanta desgracia, el investigador buscó cobijo en sus labores, concretando un par de extensas expediciones del interior africano. En 1849 su segundo vástago, llamado Nevil, sujeto singularmente aborrecible y que semejaba conjugar el mal carácter de Philip Jermyn y la altura corporal de los Brightholme, se escapó con una ordinaria bailarina. Resultó perdonado al retornar, un año más tarde. Volvió a la mansión Jermyn siendo viudo mas acompañado un niño, el pequeño Alfred, que sería luego el progenitor de Arthur Jermyn.

Su círculo de amistades refería que fue este cúmulo de adversidades aquello que desequilibró la razón de Robert Jermyn, pese a que seguramente la culpa solamente radicaba en determinadas tradiciones de África. El maduro investigador había recopilado las leyendas de los onga, una tribu vecina de las regiones a las que se habían adentrado su abuelo y él mismo, esperando lograr explicar de algún modo las extrañas historias de Wade acerca de una ciudad olvidada, que ocupaban unos rarísimos seres... Se advertía una suerte de coherencia en los particulares registros de su ancestro, lo que sugería que las fantasías de aquel demente podrían haber sido impulsadas por las consejas de los lugareños. El 19 de octubre de 1852 el explorador Samuel Seaton se presentó en la propiedad Jermyn portando un manuscrito y ciertas anotaciones realizadas sobre la base de lo referido por los nativos onga, muy persuadido Seaton de que podrían serle útiles al etnólogo determinados mitos relativos a una urbe grisácea, la morada de unos simios blancos y regida asimismo por un dios blanco. En el curso de su entrevista seguramente le brindó numerosos pormenores secundarios, cuya índole nunca se hizo pública, tomando en cuenta la horrenda secuencia de trágicos sucesos que advinieron tan repentinamente después.

Al dejar su biblioteca Robert Jermyn abandonó el cadáver del explorador, que resultó estrangulado, y previamente a ser arrestado asesinó a sus tres hijos; aquellos dos que permanecieron siempre lejos de quienes pudiesen verlos y también el que antes se había escapado de la casa. Nevil Jermyn murió defendiendo exitosamente a su hijo de dos años: su muerte era parte, se supone, de las espantosas intenciones de aquel viejo demente. El mismo Robert, después de intentar varias veces quitarse la vida y haber enmudecido por completo, falleció a causa de un repentino ataque de apoplejía llegado el segundo año de su encierro.

Alfred Jermyn recibió la titularidad de la baronía antes de llegar a los cuatro años de su edad, mas sus inclinaciones nunca estuvieron a la altura de su rango. Cumplidos los veinte años se sumó a un grupo musical; a los treinta y seis ya había abandonado a su mujer y a su hijo para escaparse con un circo ambulante norteamericano. Su final fue singularmente asqueroso: entre las bestias cirqueras con las que andaba de aquí para allá, se contaba un imponente gorila macho, uno cuyo pelaje era un poco más claro que lo habitual. Aquel era un simio llamativamente manso y gozaba de una enorme popularidad entre los de la compañía. Alfred Jermyn se sentía fascinado por ese gorila, y muchas veces ambos permanecían por largos lapsos mirándose a los ojos, barrotes de por medio.

Finalmente Jermyn logró el permiso para amaestrar a esa bestia, lo que provocó el mayor asombro entre los espectadores y sus compañeros, debido al suceso obtenido en sus presentaciones. Cierta mañana, encontrándose la compañía en Chicago, mientras el gorila y Alfred Jermyn ensayaban un combate de boxeo muy gracioso, el animal le propinó a su adiestrador un golpe más potente de lo acostumbrado, lastimando a la vez el cuerpo y la dignidad del domador aficionado. Los empleados del "Mayor Espectáculo Mundial" no gustan de referirse a lo que posteriormente tuvo lugar. Nadie, entre ellos, esperaba oír el aullido espeluznante, carente de toda humanidad, que surgió de la garganta de Alfred. Tampoco se esperaba que tomara a su desmañado rival con las dos manos, lo lanzara con tremenda energía contra el suelo de la jaula, y con tanto furor le diera una dentellada en aquella, su velluda garganta. Todo eso tomó por sorpresa al inmenso gorila, mas su reacción no se hizo esperar y sin que atinara el domador titular a hacer cosa alguna, dejó al barón que lo había agredido en un estado francamente irreconocible.

Arthur Jermyn fue el hijo de Alfred Jerrnyn y de una cantante de cabaret de ignota procedencia. Cuando el esposo y padre dejó a su familia, la madre llevó al pequeño a la casa Jermyn, donde no quedaba ninguno para oponerse a su presencia. La mujer tenía idea de lo que constituye la dignidad de un aristócrata y se aplicó a que su vástago tuviese la mejor educación que su mermada fortuna le podía conseguir. Los recursos familiares eran ahora penosamente exiguos, y la casa Jermyn había caído en la ruina, mas el joven Arthur amaba la añeja mansión y cuanto ella albergaba. Contradiciendo la índole propia de su estirpe, el muchacho Jermyn era poeta y soñador. Algunos miembros de las familias vecinas, los que habían oído referencias a la invisible esposa portuguesa de Wade Jermyn, referían que esas inclinaciones del joven evidenciaban la sangre latina que fluía por sus venas. Empero la mayor parte de la gente se mofaba de que se mostrara sensible frente a la belleza, endilgándole aquel rasgo a su madre, la cantante, a la que no habían aceptado en su esfera social

La sensibilidad poética de Arthur Jermyn se mostraba como mucho más notoria tomando en cuenta su rústica apariencia. La mayoría de los Jermyn había ofrecido una presencia sutilmente rara y odiosa, mas la de Arthur causaba estupor, lisa y llanamente. Es cosa ardua describir a qué se asemejaba: empero su expresión, el ángulo de su cara y el largo de sus extremidades superiores, generaban un tremendo asco en aquellos que lo veían por vez primera.

La inteligencia y la naturaleza de Arthur Jermyn, de todos modos, eran cosas que equilibraban lo anterior: provisto de cultura y genio, se adueñó en Oxford de los mayores honores y se suponía que su destino iba a ser devolverle a su apellido la fama anterior. A pesar de que su naturaleza era en mayor medida poética que científica, tenía planeado continuar la obra de sus ancestros, aplicándose a la arqueología y etnología africanas, empleando para ello la asombrosa y rara colección realizada por Wade. Impulsado por su mentalidad imaginativa, cavilaba muy seguidamente respecto de la civilización prehistórica en la que el explorador demente había creído a pie juntillas, y conformaba relato tras relato alrededor de la muda ciudad selvática, esa que fue mencionada en las postreras y más extraordinarias anotaciones de su antepasado: las confusas palabras sobre una abominable e ignota estirpe de mestizos selváticos generaban en él un insólito sentir, donde se alternaban el horror y el magnetismo, cuando cavilaba acerca del factible sentido de tales imaginerías, intentando sacar conclusiones de las informaciones colectadas entre los negros onga por su bisabuelo y por Samuel Seaton.

En 1911, después del fallecimiento de su madre, Arthur Jermyn se decidió por seguir con la investigación hasta su término. Vendió una porción de sus propiedades para hacerse del metálico imprescindible, organizó una expedición y se embarcó rumbo al Congo. Contrató a unos guías con el auxilio de las autoridades belgas y se pasó un año en Onga y Kaliri, donde halló mayor cantidad de datos de los que aguardaba encontrar. Entre los kaliri había un anciano jefe, de nombre Mwanu, no solamente dotado de una impresionante memoria, sino también de un nivel de inteligencia extraordinario, así como de un notable interés por las tradiciones arcaicas. Aquel viejo corroboró cuanto Jermyn había oído, sumando su propio relato sobre la ciudad pétrea y los monos blancos.

De acuerdo con Mwanu, la ciudad grisácea y las criaturas mestizas se habían desvanecido, acabadas por los feroces guerreros n'bangu, muchos años antes. Esta tribu, tras destruir la mayoría de los edificios y los seres vivientes, se había llevado a la diosa embalsamada que había sido el motivo de la incursión: una diosa-mono blanca, venerada por esas raras criaturas, y cuyo cuerpo le asignaban las tradiciones congoleñas a la que había regido en calidad de princesa entre ellos. Mwanu no tenía información respecto del aspecto que debieron ofrecer esas criaturas blancas y simiescas; mas estaba persuadido de que eran ellas quienes habían levantado la ciudad estropeada. Jermyn no pudo hacerse un nítido concepto sobre ello, mas después de interrogar largamente a su interlocutor se hizo de una llamativa narración referida a esa misteriosa deidad embalsamada.

Según se refería, la diosa-mono fue la esposa de un magno dios blanco, venido del oeste. Por largo tiempo ambos rigieron los destinos de la urbe; mas cuando tuvieron un descendiente abandonaron la comarca. Posteriormente ambos retornaron y el fallecimiento de la mujer-simio llevó a su marido divino a mandar disecar sus restos, colocándolos entonces en un trono dentro de una enorme edificación pétrea, para que fuese venerado. Hecho aquello, tornó a partir. El mito ofrecía después un trío de posibilidades: nada más había acontecido, excepto que la deidad embalsamada se transformó en el símbolo de dominio de aquellos que lo tuviesen en su poder y por ello la tribu n'bangu se la había adueñado. La otra versión señalaba que el dios consorte había vuelto y muerto a los pies de su fallecida esposa. En lo que hace a la tercera suposición, refería que aquel que había vuelto era el hijo de esos dioses, convertido ya en un hombre (o un mono o una deidad, eso depende) mas sin conocer cuál era su identidad real. Indudablemente los ingeniosos nativos habían extraído el máximo provecho de cuanto se hallaba debajo de tan fantasiosa conseja, fuera cual fuera su índole.

Arthur Jermyn no dudó a partir de aquel punto de la existencia de la urbe que el anciano Wade había descrito; y no se asombró cuando, a comienzos de 1912, se topó con cuanto restaba de ella. Confirmó que se habían excedido mucho en cuanto a su tamaño, mas los bloques de piedra desparramados por doquier demostraban que aquello no consistía en una mera aldea nativa. Lamentablemente no alcanzó a dar con esculturas representativas de eso y lo reducida que era su incursión no permitió concretar las tareas tendientes a desenterrar el exclusivo corredor que se veía que conectaba con determinadas bóvedas ya mencionadas por Wide.

Preguntó a todos los caciques regionales sobre los simios blancos y la diosa embalsamada, pero resultó un europeo quien ensanchó los datos que le había brindado el anciano Mwanu.

Un funcionario belga de una factoría congoleña, M. Verhaeren, suponía que era factible no solamente ubicar, sino también apoderarse de la diosa embalsamada; el belga había confusamente escuchado algo acerca de ella, puesto que los otrora temibles n'bangu eran ya entonces rendidos vasallos del rey Alberto, y sin muchos trabajos lograría persuadirlos de que le traspasaran la espantosa momia que tenían en su poder. De manera que, cuando el buque donde iba Jermyn levó anchas con rumbo a Inglaterra, lo hizo con la plena esperanza de que, en unos meses, recibiría la inapreciable reliquia que corroboraría la más rara de todas las historias provenientes de su familia.

Tal vez los rústicos que moraban en las proximidades de la mansión Jermyn habían oído asuntos más estrafalarios todavía salir de los labios de Wade, a la mesa del Knight's Head.

Arthur Jermyn esperó con la mayor paciencia que le llegase el envío de M. Verhaeren, estudiando mientras tanto con acrecentado interés los manuscritos heredados de su ancestro demenciado. Comenzaba a sentir una identificación cada vez más grande con Wade, y se afanaba en busca de referencias sobre su vida personal en Inglaterra, sus proezas en África. Las narraciones orales referidas a su enigmática y reclusa esposa abundaban, aunque no encontró demostraciones fehacientes en cuanto a su presencia en la propiedad.

Jermyn se preguntaba qué instancias habían favorecido o posibilitado tamaña desaparición, y concluyó que la razón fundamental tuvo que residir en el desequilibrio mental del esposo; rememoraba todo lo que se decía acerca de que la madre de su tatarabuelo fue la hija de un mercader de origen portugués asentado en África. Sin duda la practicidad venida de parte de su progenitor, sumada a un superficial conocimiento del Continente Negro, lo habían llevado a mofarse de lo narraba Wade sobre el interior. Aquello era un asunto que alguien de sus características de ninguna manera podía haber echado al olvido. La mujer había fallecido en África, llevada allí contra su voluntad por su esposo, persuadido de que debía comprobar aquello que afirmaba. Mas en cada ocasión en la que Jermyn reflexionaba sobre ese particular, no dejaba de sonreír por lo inútil de aquel cometido, pasados ya 150 años desde la desaparición de sus rarísimos antepasados.

Llegado junio de 1913 recibió una misiva enviada por

el belga M. Verhaeren, quien le informaba que por fin había dado con la diosa embalsamada. Se trataba, refería, de algo ciertamente fuera de lo común, algo que no podía ser categorizado por un lego en la materia. Exclusivamente un hombre de ciencia era capaz de establecer si esos restos correspondían a un antropoide o una persona y de todas maneras clasificarlos iba a ser muy arduo, tan deteriorados se veían sus despojos. El clima congoleño obraba en contra de las momificaciones, en particular si habían sido llevadas adelante por no profesionales y ese era precisamente el caso. En torno del cuello de esos restos había hallado una cadenita de oro, sostén de un relicario vacío, pero que ostentaba atributos aristocráticos. Evidentemente esas señales eran el recuerdo de algún infeliz viajero, esquilmado de ellas por los n´bangu para ornar a su deidad. Detallando los rasgos de la momia, establecía M. Verhaeren un fantasioso parangón o, mejor dicho, parecía referirse humorísticamente a la sorpresa que le iba a generar, pero se hallaba excesivamente interesado desde un punto de vista científico como para perderse en tonterías de tal tenor. La deidad embalsamada, refería el belga, iba a recibirla correspondientemente fletada, cosa de 30 días después del envío de la misiva aquella.

La encomienda fue recibida en la mansión Jermyn durante la tarde del 3 de agosto de 1913, y colocada enseguida en el extenso salón que albergaba la colección africana, tal y como fueran catalogadas sus partes por Robert y Arthur. Lo que aconteció posteriormente puede inferirse de lo que declaró la servidumbre, así como a partir de los objetos y documentos revisados después.

De las tantas versiones que suscitaron los hechos, la vertida por el mayordomo, aquel viejo llamado Soames, es la más detallada y la que ofrece un mayor grado de coherencia. De acuerdo con lo manifestado por el criado mayor, el amo Arthur mandó retirarse a todos de la estancia, previamente a la apertura del envío, pese a que luego el sonido del cincel y el martillo señaló que había procedido inmediatamente a desembalarlo. Hubo un rato de silencio y el anciano es incapaz de estimar cuánto se prolongó esa pausa; empero, no habían transcurrido 15 minutos cuando aquel mutismo del lugar fue destrozado por un espantoso aullido, indudablemente proferido por Jermyn. De inmediato este abandonó el salón y se lanzó a la carrera demencialmente, rumbo a la entrada, tal como si fuera detrás de él un horroroso perseguidor... Lo que expresaba su semblante (en sí mismo, ya bastante repelente) no era cosa factible de describir, y cuando se aproximaba a la puerta de entrada de la mansión al parecer tuvo una idea, pues comenzó a correr en dirección opuesta, para esfumarse rápidamente escaleras abajo, hacia el sótano.

La servidumbre permaneció en el piso superior, sin atinar a hacer algo; empero, el amo no volvió, aunque percibieron un fuerte olor a petróleo. Llegada la noche escucharon el sonido producido por la puerta que conectaba el patio con los sótanos y el muchacho de las caballerizas vio salir a Arthur Jermyn, embadurnado de petróleo, y desaparecer hacia el tenebroso yermo que circunvalaba la propiedad. Posteriormente, en un cenit de extremo espanto, contemplaron el fin de todo aquello: primero una llamarada y luego una columna ígnea que parecía trepar hasta el firmamento. En ese instante, el linaje Jermyn se extinguió.

La causa por la que no fueron recogidos los despojos consumidos de Arthur Jermyn a fin de darles una adecuada sepultura radica en un hallazgo posterior y, en particular, en lo que contenía la caja. La diosa disecada era algo inmundo, ajado y sumido, mas nítidamente se apreciaba que se trataba de un mono blanco que había sido momificado, de una ignota variedad, menos velludo que las especies conocidas, mucho más parecido a un humano... ello, de un modo excepcional. Su minuciosa descripción sería asunto muy desagradable de llevar adelante, mas hay un par de pormenores que obligan a mencionarlos, puesto que coinciden horrendamente con determinadas anotaciones hechas por Wade Jermyn en cuanto a las incursiones en suelo africano y asimismo con las consejas del Congo acerca del dios blanco y su simiesca princesa. Ambos detalles consisten en lo siguiente: el escudo nobiliario del relicario de oro que la criatura llevaba en el cuello no era otro que el de la casa Jermyn, y la humorística alusión de M. Verhaeren a una determinada semejanza que podía establecer sobre la base de aquel disecado semblante, calzaba con fuerte, horrendo e imponente horror con los rasgos del sensitivo Arthur Jermyn, hijo del tataranieto de Wade Jermyn y de su ignota esposa. Los miembros del Real Instituto de Antropología incineraron esa reliquia, tiraron a un pozo el relicario... Varios de ellos aseveran que jamás hubo un tal Arthur Jermyn.

Índice